LES ORANGES *NE* SONT *PAS* LES SEULS FRUITS

Pour Gill Saunders et Fang le chat

« Lorsque l'on utilise des écorces épaisses, la surface doit être écumée soigneusement, car sinon il se forme une mousse qui gâtera l'aspect final. »

Extrait de *L'art de préparer la marmelade*
de Mrs Beeton.

« Les oranges ne sont pas les seuls fruits. »
Nell Gwynn

GENÈSE

Comme la plupart des gens, j'ai longtemps vécu avec ma mère et mon père. Mon père aimait regarder les matches de catch, ma mère, elle, aimait catcher; peu importe contre qui ou quoi. Elle était toujours prête à monter sur le ring.

Elle mettait à sécher ses plus grands draps les jours de grand vent. Elle voulait vraiment que les Mormons viennent frapper à sa porte. Au moment des élections dans notre ville ouvrière qui votait travailliste, elle collait l'affiche du candidat conservateur à sa fenêtre.

Elle n'avait pas d'opinions nuancées. Il y avait ses amis et ses ennemis.

Ses ennemis étaient : le Diable (sous ses nombreuses formes), les Voisins d'à côté, le Sexe (sous ses nombreuses formes), les Limaces.

Ses amis étaient : Dieu, notre Chien, Tante Madge, les romans de Charlotte Brontë, les granulés anti-limaces,

et moi, au début. J'étais venue la rejoindre afin de la relayer dans sa lutte contre le Reste du Monde. Elle avait une attitude mystérieuse envers la conception des enfants; ce n'est pas qu'elle ne pouvait pas en avoir, mais plutôt qu'elle n'avait pas envie de les faire. Elle en voulait beaucoup à la Vierge Marie de l'avoir précédée.

Faute de mieux, elle s'était débrouillée pour se procurer un enfant trouvé. Moi, en l'occurrence.

Je ne me souviens pas d'un temps où je n'ai pas su que j'étais à part. On ne tirait pas les Rois, car elle disait qu'il n'y avait qu'un seul roi en ce monde, mais on mangeait de l'agneau. Dans un de mes premiers souvenirs, je suis assise à califourchon sur un mouton, à Pâques, tandis qu'elle me raconte l'histoire de l'agneau du sacrifice. Agneau que nous mangions le dimanche avec des pommes de terre.

Le dimanche était le jour du Seigneur, le jour le plus énergique de la semaine ; on avait un combiné radio-pick-up avec un imposant châssis en acajou et un bouton dodu en bakélite pour rechercher les stations. En général, on écoutait le programme de variétés, mais le dimanche, c'était toujours *L'Office du Monde*, afin que ma mère puisse suivre la progression de nos missionnaires. On avait une très belle Carte des Missionnaires. D'un côté, il y avait tous les pays et, de l'autre, un tableau numéroté répertoriant les Tribus et leurs Particularités. Mon préféré était le numéro 16, le Buzule des Carpates. Ils croyaient que si une souris trouvait des cheveux qui vous appartenaient et les utilisait pour faire son nid, vous attrapiez mal à la tête. Si le nid était suffisamment grand, vous pouviez devenir fou. Je crois qu'aucun missionnaire ne leur avait jamais rendu visite.

Ma mère se levait tôt le dimanche et ne permettait à personne d'entrer dans le salon avant dix heures. C'était son lieu de prière et de méditation. Elle priait toujours debout, à cause de ses genoux, tout comme Bonaparte donnait toujours ses ordres à cheval, à cause de sa taille. Je pense que la relation de ma mère avec Dieu était en grande partie une question de position. Elle était adepte de l'Ancien Testament jusqu'au bout des ongles. L'humble et doux agneau pascal ne l'intéressait pas ; c'était une femme de terrain qui se tenait en première ligne aux côtés des prophètes et avait souvent tendance à aller bouder sous les arbres lorsque la calamité invoquée ne se produisait pas. Ce qui était assez rare ; quant à savoir si c'était sa volonté ou celle de Dieu, je ne sais pas.

Elle priait toujours exactement de la même façon. D'abord, elle remerciait Dieu de lui avoir accordé encore un jour de vie, puis elle Le remerciait d'avoir épargné le monde. Ensuite, elle parlait de ses ennemis, sujet qui faisait, chez elle, office de catéchisme.

Dès que la phrase : « La vengeance est mienne, dit le Seigneur » faisait trembler le mur de la cuisine, je mettais la bouilloire sur le feu. Le temps que l'eau bouille et que le thé soit infusé correspondait juste à la dernière partie de sa prière, c'est-à-dire l'énumération des malades. Elle était très régulière. Je versais le lait, elle entrait et, avalant une grande gorgée de thé, elle prononçait l'une des trois phrases suivantes :

« Le Seigneur est bon » (regard glacial sur l'arrière-cour)

« Qu'est-ce que c'est que ce thé ? » (regard glacial sur moi)

« Qui est le plus vieil homme de la Bible ? »

La numéro 3, bien sûr, avait de nombreuses variantes, mais il s'agissait toujours d'une question sur la Bible. A l'église, il y avait souvent des concours de devinettes bibliques et ma mère aimait bien que je gagne. Lorsque je connaissais la réponse, elle me posait une autre question ; lorsque je ne la savais pas, elle se mettait en colère, mais pas très longtemps, heureusement, parce qu'il fallait qu'on écoute notre émission. C'était toujours le même rituel ; on s'asseyait de chaque côté de la radio, ma mère avec son thé, moi avec un bloc-notes et un stylo ; en face de nous, il y avait la Carte des Missionnaires. La voix lointaine qui sortait du milieu du poste nous donnait des nouvelles sur les activités, les nouveaux convertis, les problèmes rencontrés. A la fin, on nous demandait nos prières à nous. Je devais tout noter par écrit afin que ma mère puisse faire son rapport à l'église le soir même. Elle était Secrétaire Missionnaire. Le Rapport sur les Missionnaires était une épreuve difficile pour moi parce que notre repas de midi en dépendait. Si tout se passait bien, qu'il n'y avait pas de morts et que l'on avait fait beaucoup de nouveaux convertis, ma mère mettait un rôti au four. Si les Païens s'étaient montrés d'humeur non seulement obstinée, mais assassine, elle passait le reste de la journée à écouter « Les morceaux choisis de piété du pasteur Jim Reeves » et on mangeait des œufs durs et des toasts. Son mari était un homme accommodant, mais je savais que ça le déprimait. Il aurait bien fait cuire le rôti lui-même si ma mère n'avait pas été convaincue qu'elle était la seule, chez nous, capable de distinguer une casserole d'un piano. A notre avis, elle avait tort, mais à son avis à elle, elle avait raison, et c'était le principal.

On arrivait quand même à bout de ces matinées, et l'après-midi elle et moi allions promener le chien pendant que mon père nettoyait les chaussures de tout le monde. « On peut deviner le caractère des gens rien qu'en regardant leurs chaussures » disait ma mère. « Il n'y a qu'à voir les Voisins d'à côté. »

« Ils boivent » faisait-elle sévèrement lorsque nous passions devant leur maison. « C'est pour ça qu'ils achètent tout en deuxième choix chez Maxi Ball. Le diable lui-même est un ivrogne. » (Il lui arrivait parfois d'inventer la théologie).

Maxi Ball avait un entrepôt; les vêtements y étaient bon marché mais ne duraient pas et sentaient la colle industrielle. Les désespérés, les négligents et les plus pauvres se querellaient là tous les samedis matins, grappillaient ce qu'ils pouvaient et marchandaient les prix. Ma mère aurait préféré se passer de manger plutôt que d'être vue chez Maxi Ball. Elle m'avait inspiré une sainte horreur de l'endroit. Ce n'était pas très juste de sa part, parce que beaucoup de gens que nous connaissions y allaient, mais elle n'a jamais été un modèle de justice, elle aimait ou elle haïssait, et il se trouve qu'elle haïssait Maxi Ball. Une fois, en hiver, elle avait été obligée d'y aller pour acheter un corset. En plein milieu de la communion, ce même dimanche, une des baleines s'était défaite et s'était piquée dans son estomac. Elle avait dû attendre une heure sans pouvoir rien faire. De retour chez nous, elle avait déchiré le corset et utilisé les baleines comme tuteurs pour les géraniums, sauf un petit bout qu'elle m'avait donné. Je l'ai toujours, et chaque fois que je suis tentée par une solution de facilité, j'y repense et je change d'avis.

Ma mère et moi nous dirigions vers la colline qui dominait notre rue. On habitait une ville volée aux vallées, pelotonnée sur elle-même, pleine de cheminées, de petites boutiques et de maisons sans jardins adossées les unes aux autres. Les collines nous entouraient de toutes parts ; la nôtre s'élançait vers la chaîne Pennine, ponctuée çà et là par une ferme ou un vestige de la guerre. Autrefois, il y avait plein de vieux tanks mais le conseil municipal les avait fait enlever. La ville ressemblait à une grosse tache dont les rues s'écartaient pour s'enfoncer dans la verdure et escalader les pentes. Notre maison se trouvait presque au sommet d'une longue rue interminable, une rue pavée aux trottoirs dallés. Lorsqu'on monte sur la colline et qu'on regarde en bas, on peut tout voir, comme Jésus sur le pinacle, sauf que ce n'est pas vraiment beau. Sur la droite il y avait le viaduc et sous le viaduc le terrain d'Ellison où la fête foraine avait lieu une fois par an. J'avais le droit d'y aller à condition de ramener une boîte pleine de baies de sureau à ma mère. Les baies de sureau ressemblaient à des crottes de lapin et on les mettait dans une sauce peu épaisse faite avec du bouillon et de la purée bohémienne. Elles ont un goût fabuleux. Les Bohémiens semaient la pagaille, faisaient la fête toute la nuit et ma mère les traitait de fornicateurs, mais dans l'ensemble on s'entendait très bien avec eux. Ils fermaient les yeux lorsque des pommes d'amour disparaissaient et parfois, quand on n'avait pas assez d'argent et qu'il n'y avait pas trop de monde, ils nous laissaient quand même monter sur les autos tamponneuses. On se bagarrait autour des roulottes, les enfants de ma rue contre les riches de l'Avenue. Les riches étaient inscrits chez les Jeannettes et ils ne restaient pas à la cantine.

Un jour que je ramassais les baies de sureau et que j'étais sur le point de rentrer à la maison, la vieille femme m'a saisi la main. J'ai cru qu'elle allait me mordre. Elle a regardé ma paume et elle a ri. « Toi, tu ne te marieras jamais », m'a-t-elle dit, « et tu ne tiendras jamais en place. »

Elle ne m'a pas demandé d'argent pour le sureau et m'a dit de rentrer vite à la maison. J'ai couru tout le long du chemin, en essayant de comprendre ce qu'elle voulait dire. Je n'avais pas pensé à me marier, de toute façon. Je connaissais deux dames qui n'avaient pas de maris ; mais elles étaient vieilles, aussi vieilles que ma mère. Elles tenaient la librairie et parfois, le mercredi, elles me donnaient une barre à la banane avec ma bande dessinée. Je les aimais beaucoup et je parlais beaucoup d'elles à ma mère. Un jour, elles m'ont demandé si j'aimerais aller à la mer avec elles. Je suis rentrée à la maison en courant, j'ai annoncé la nouvelle à toute vitesse et j'avais commencé à vider ma tirelire pour m'acheter une nouvelle pelle lorsque ma mère a dit non, d'un ton ferme et définitif. Je n'ai pas compris pourquoi et elle n'a pas voulu m'expliquer. Elle ne m'a même pas laissée aller dire que je ne pourrais pas venir. Par la suite, elle a annulé mon abonnement à la bande dessinée et m'a dit d'aller l'acheter dans une autre librairie, plus loin. Je l'ai bien regretté. Chez Grimsby, on ne me donnait jamais de barre à la banane. Quinze jours plus tard, j'ai entendu ma mère parler de cette histoire à Mrs. White. Elle disait que les deux dames faisaient des choses pas naturelles. J'ai cru qu'elle voulait dire qu'elles mettaient des produits chimiques dans leurs bonbons.

Ma mère et moi montions et montions jusqu'à ce que la ville disparaisse derrière nous, puis on arrivait au monument aux morts tout au sommet. Le vent soufflait toujours fort et ma mère était obligée de mettre des épingles à chapeau supplémentaires. En général elle portait un foulard, mais pas le dimanche. On s'asseyait au pied du monument et ma mère remerciait Dieu qu'on ait réussi à gravir la colline. Puis elle improvisait sur la nature du monde, la folie de ses peuples et le courroux divin qui devait inévitablement s'ensuivre. Après, elle me racontait l'histoire d'un brave homme qui avait renoncé aux plaisirs de la chair afin de travailler pour le Seigneur...

Il y avait l'histoire du « ramoneur converti », un dégénéré crasseux qui s'adonnait à l'alcool et au vice et qui avait subitement trouvé le Seigneur alors qu'il récurait un conduit de cheminée. Il était resté si longtemps en extase dans sa cheminée que ses amis crurent qu'il avait perdu connaissance. Avec beaucoup de difficultés, ils le persuadèrent de sortir; son visage, déclarèrent-ils, bien qu'il fût à peine visible à cause de la suie, resplendissait comme celui d'un ange. Il se mit à donner des cours de catéchisme et mourut quelque temps après, dans la gloire de Dieu. Il y avait beaucoup d'autres histoires; ma favorite est celle du « Géant Alléluia », un monstre de deux mètres et demi auquel les fidèles, à force de prières, avaient réussi à faire perdre un bon demi-mètre.

De temps à autre, ma mère aimait me raconter l'histoire de sa propre conversion; c'était une histoire très romantique. Je me dis parfois que si Mills et Boon avaient inclu les histoires de renouveau religieux dans leur collection de romans à l'eau de rose, ma mère serait une vedette.

Un soir, par erreur, elle s'était retrouvée dans la Croisade de Gloire du pasteur Spratt. La Croisade se déroulait sous un chapiteau dressé sur un terrain vague et chaque soir, le pasteur Spratt décrivait le sort des damnés et accomplissait des guérisons miraculeuses. Il était très impressionnant. Ma mère disait qu'il ressemblait à Errol Flynn, sauf qu'il avait l'air d'un saint. Beaucoup de femmes trouvèrent le Seigneur cette semaine-là. Une partie du charisme du pasteur Spratt lui venait de l'époque où il était directeur de la publicité chez les Fers Forgés Rathbone. Il savait appâter le client. « Il n'y a rien de mal à ça », avait-il répondu au journal *La Chronique*, qui lui avait demandé non sans un certain cynisme pourquoi il offrait des plantes vertes aux nouveaux convertis. « Le Seigneur nous a ordonné d'être Pêcheurs d'Hommes. » Lorsque ma mère entendit l'appel, elle reçut en cadeau un exemplaire des Psaumes et on lui demanda de choisir entre un Cactus de Noël (non florifère) et un muguet. Elle prit le muguet. Lorsque mon père se rendit à la séance du lendemain soir, elle lui dit de bien faire attention à prendre le cactus, mais quand son tour arriva il n'y en avait plus. « Il n'est pas du genre à se mettre en avant », disait-elle souvent, ajoutant après une petite pause, « Dieu le bénisse ».

Mes parents hébergèrent le pasteur Spratt jusqu'à la fin de la Croisade et ce fut à ce moment-là que ma mère se découvrit un intérêt durable pour le travail des missionnaires. Le pasteur lui-même passait le plus clair de son temps à convertir les Païens dans la jungle et autres endroits torrides. On a une photographie de lui qui le montre entouré d'hommes noirs armés de lances. Ma mère la garde sur sa table de nuit. Elle est comme William Blake ; elle a des rêves et des visions et elle n'est pas toujours capable de distinguer une puce d'un roi. Heureusement qu'elle ne sait pas peindre.

Une nuit, elle sortit pour marcher et réfléchir à sa vie et à ce qui était possible. Elle réfléchit à tout ce qu'elle ne pouvait pas faire. Elle avait eu un oncle acteur. « Un excellent Hamlet », avait écrit *La Chronique*.

Mais des oripeaux et des rubans, il ne reste bientôt que les ans, et des ans eux-mêmes il ne reste plus rien. L'oncle Will était mort dans la misère, elle n'était pour sa part plus si jeune, et les gens n'étaient pas tendres. Elle aimait la langue française et le piano, mais à quoi cela lui servait-il ?

Il était une fois une belle et brillante princesse, mais elle était si sensible que même la mort d'une mite pouvait l'affliger des semaines entières. Sa famille ne savait que faire. Les conseillers se tordaient les mains, les sages secouaient la tête, les rois valeureux repartaient sans avoir trouvé de réponse. Il en fut ainsi pendant de nombreuses années, lorsqu'un jour, alors qu'elle se promenait dans la forêt, la princesse aperçut la cabane d'une vieille bossue qui connaissait les secrets de la magie. La vieille devina que la princesse était une femme énergique et pleine de ressources.

« Chère princesse », lui dit-elle, « vous risquez fort de vous laisser dévorer par votre propre flamme. »

La bossue expliqua à la princesse qu'elle était vieille et qu'elle voulait mourir, mais que cela lui était impossible à cause de ses nombreuses responsabilités. Elle avait la charge d'un petit village habité par des gens simples dont elle était la conseillère et l'amie. Peut-être la princesse accepterait-elle de lui succéder ? Elle aurait trois tâches :

1. Traire les chèvres.
2. Instruire les villageois.
3. Composer des chansons pour leur festival.

Elle aurait pour l'aider dans son travail un trépied et tous les livres de la vieille bossue. Mais surtout, elle héritera it de son harmonium, un instrument très ancien qui couvrait quatre octaves.

La princesse accepta de rester et oublia complètement le palais et les mites. La vieille femme la remercia et mourut sur-le-champ.

Alors qu'elle marchait cette nuit-là, ma mère eut un rêve et elle le mena à bien lorsque le jour fut venu. Elle trouverait un enfant, le formerait, le façonnerait, le dédierait au Seigneur :

un enfant missionnaire,

un serviteur de Dieu,

une bénédiction.

Aussi, un certain jour, un peu plus tard, elle suivit une étoile qui la mena jusqu'à un orphelinat, et dans l'orphelinat se trouvait un berceau, et dans le berceau un enfant. Un enfant avec trop de cheveux.

Elle dit : « Cet enfant m'est donné par le Seigneur ».

Elle emmena l'enfant et sept jours et sept nuits durant, l'enfant pleura, car il avait peur et ne comprenait pas. La mère chanta pour son enfant et terrassa les démons. Elle savait combien l'Esprit est jaloux de la chair.

Cette chair si tiède et tendre.

Sa chair à présent, née de son esprit.

Sa vision.

Non pas le tressaillement brutal sous la hanche, mais l'eau et le verbe.

A présent, elle savait où elle allait, pour bien des années à venir.

On se tenait sur la colline et ma mère dit : « Ce monde est plein de péché. »

On se tenait sur la colline et ma mère dit : « Tu peux changer le monde. »

Quand on est rentrées à la maison, on a trouvé mon père devant la télévision. Il regardait le match de catch entre Williams-le-Rouleau-Compresseur et Jonney Stott-le-Borgne. Ma mère était furieuse; on recouvrait toujours la télévision le dimanche. On avait une nappe des SCÈNES DE L'ANCIEN TESTAMENT que nous avait donnée un monsieur qui faisait des débarras. C'était une nappe très chic et on la rangeait dans un tiroir spécial où les seuls autres objets étaient un morceau de verre de chez Tiffany et un parchemin libanais. Je ne sais pas pourquoi on gardait ce parchemin. On avait cru qu'il s'agissait d'un fragment de l'Ancien Testament, mais c'était un contrat de bail pour une ferme d'élevage de moutons. Mon père ne s'était même pas donné la peine de replier la nappe et je pouvais apercevoir « Moïse recevant les Dix Commandements » tout roulé en boule. « Il y a de l'orage dans l'air », me suis-je dit et j'ai annoncé que j'allais à l'Armée du Salut prendre une leçon de tambourin.

Pauvre Papa, il ne faisait jamais les choses tout à fait comme il fallait.

Ce soir-là, à l'église, il y a eu un visiteur, le pasteur Finch de Stockport. C'était un spécialiste des démons et il nous a fait un sermon terrifiant pour nous expliquer combien il était facile d'être possédé par les démons. On s'est tous sentis très mal à l'aise par la suite. Mrs. White nous a dit qu'à son avis, ses voisins d'à côté étaient sans doute possédés, ils avaient tous les symptômes. Le pasteur Finch disait que les possédés ont tendance à céder à des crises de rage incontrôlables et à éclater subitement d'un rire dément, et qu'ils sont toujours, toujours très rusés. Le Diable lui-même, rappelait-il, peut prendre l'aspect d'un ange de lumière.

Après l'office, il y avait un buffet; ma mère avait fait vingt trifles et sa pile habituelle de sandwiches à l'oignon et au fromage.

— Il suffit de goûter vos sandwiches pour savoir que

vous êtes quelqu'un de bien, lui a déclaré le pasteur Finch.

Ma mère a rougi.

Puis il s'est tourné vers moi et m'a demandé :

— Quel âge as-tu, ma petite fille ?

— Sept ans, ai-je fait.

— Ah, sept ans, a-t-il marmonné. Bénis soient-ils, les sept jours de la création, le chandelier à sept branches, les sept sceaux.

(Les sept sots ? Je n'étais pas encore arrivée aux Révélations dans les textes qu'on me donnait à lire et j'ai cru qu'il y avait peut-être dans l'Ancien Testament une histoire de simples d'esprit que j'aurais oublié de lire. Par la suite, j'ai passé des semaines entières à essayer de retrouver l'histoire des sept sots, au cas où on me demanderait qui ils étaient dans une devinette.)

— Oui, a-t-il fait, bénis soient-ils. Puis son visage s'est assombri. Mais maudits soient-ils, aussi. En prononçant ces mots, il a frappé du poing sur la table et catapulté un sandwich au fromage dans le sac réservé à la quête. J'ai vu le sandwich disparaître dans le sac, mais j'étais si effarée que j'ai oublié de le dire. Ils l'ont retrouvé la semaine suivante, pendant la réunion des Sœurs. Tout le monde s'était tu, sauf Mrs. Rothwell qui était sourde comme un pot et qui avait très faim.

« Le démon peut revenir SEPT FOIS PLUS PUISSANT. » Il a parcouru la table des yeux. (Crouic, a fait la cuiller de Mrs. Rothwell). SEPT FOIS PLUS PUISSANT.

— Personne ne veut de cette part de gâteau ? a demandé Mrs. Rothwell.

— Les meilleurs des hommes peuvent devenir les pires des hommes. Il m'a pris la main. Même cette enfant innocente, cette fleur de l'Alliance...

— Bon, je vais la manger alors, a annoncé Mrs. Rothwell. Le pasteur Finch lui a lancé un regard furibond, mais il n'était pas homme à se laisser démonter pour autant.

— Ce petit lys pourrait bien être un repaire de démons.

— Hé, doucement, Roy, a fait Mrs. Finch d'un ton inquiet.

— Ne m'interrompts pas, Grace a-t-il dit avec fermeté, ce n'est qu'un exemple. Dieu m'a donné une occasion et ce que Dieu nous donne, nous ne devons pas le négliger. Nous savons que mêmes les hommes les plus saints se sont subitement trouvés en proie au mal. Le risque est plus grand pour une femme, et plus grand encore pour un enfant. Aussi, parents, surveillez vos enfants, guettez les symptômes ; et vous, maris, surveillez vos épouses. Béni soit le nom du Seigneur.

Il a lâché ma main qui était maintenant toute écrabouillée et trempée. Il a essuyé la sienne sur son pantalon.

— Tu ne devrais pas te mettre dans des états pareils, Roy, a dit Mrs. Finch. Tiens, prends un trifle, ils sont parfumés au xérès.

Je me suis sentie un peu gênée d'en prendre un moi aussi et du coup je suis allée dans la Salle de Catéchisme. Il y avait des figurines en feutrine avec lesquelles on représentait des scènes de la Bible et je commençais juste à m'amuser avec une nouvelle version de Daniel dans l'antre des lions lorsque le pasteur Finch a surgi dans la pièce. J'ai enfoncé mes mains dans mes poches et j'ai regardé le lino.

— Ma petite fille, a-t-il commencé à dire, lorsqu'il a aperçu les figurines. Qu'est-ce que c'est que ça ?

— C'est Daniel, ai-je répondu.

— Mais ça ne va pas du tout, a-t-il dit, atterré. Tu ne sais pas que Daniel a échappé aux lions ? Dans la scène que tu as faite ils sont en train de le dévorer.

— Je suis désolée, ai-je dit en prenant l'air aussi saint que possible. Je voulais faire Jonas dans le ventre de la baleine, mais il n'y a pas de baleines dans les figurines qu'on a, alors je fais comme si les lions étaient des baleines.

— Mais tu viens de dire que c'était Daniel. Il avait l'air soupçonneux.

— J'ai confondu.

Il a souri.

— On va arranger ça, tu veux bien ? Et il a soigneusement redisposé les lions dans un coin et Daniel dans un autre. Et Nabuchodonosor ? Faisons la scène de l'Etonnement à l'Aube. Il a commencé à fouiller parmi les figurines pour trouver un roi.

« Tu peux toujours chercher », ai-je pensé. Susan Green avait été malade Noël dernier et elle avait vomi sur le tableau des Trois Rois-Mages, et il n'y a que trois rois par boîte de figurines.

Je l'ai laissé chercher et je suis retournée dans la salle. Quelqu'un m'a demandé si j'avais vu le pasteur Finch.

— Il joue avec les personnages en feutrine dans la salle de catéchisme, ai-je répondu.

— Ne dis pas n'importe quoi, Jeanette, a dit la voix. J'ai levé les yeux. C'était Miss Jewsbury, elle parlait toujours de cette façon, parce qu'elle enseignait le hautbois, je crois. Ça fait quelque chose à la bouche.

— Il est temps de rentrer, a dit ma mère. Tu t'es assez amusée pour aujourd'hui.

C'est bizarre, ce que les gens peuvent trouver amusant.

On est parties, avec ma mère, Alice et May (« tu n'as qu'à nous appeler tante Alice et tante May »). Je suis restée à la traîne et j'ai pensé au pasteur Finch et je me suis dit qu'il était vraiment affreux. Il avait les dents en avant et une voix de fausset, même s'il essayait de la rendre grave et sévère. Pauvre Mrs. Finch. Comment pouvait-elle vivre avec lui ? A ce moment-là je me suis souvenue de la Bohémienne. « Tu ne te marieras jamais. » Ce n'était peut-être pas une si mauvaise chose après tout. Pour rentrer à la maison, on a longé le Quartier aux Usines. Les gens les plus pauvres de la ville étaient condamnés à habiter là, près des fabriques. Il y avait des centaines d'enfants et de chiens faméliques. Les Voisins d'à côté habitaient là avant, tout près des usines de colle, mais leur cousin ou quelqu'un d'autre leur avait donné une maison, celle à côté de la nôtre. « L'œuvre du Diable, ou je n'y connais rien », disait ma mère, qui croyait toujours que ce genre de choses nous est envoyé par Dieu pour nous éprouver.

Je n'avais pas le droit d'aller toute seule du côté du Quartier aux Usines et cette nuit, lorsque la pluie a commencé à tomber, j'ai cru comprendre pourquoi. Si les démons avaient un repaire quelque part sur terre, c'était sûrement ici. On est passées devant la boutique qui vend des colliers anti-puces et des insecticides. Ça s'appelait « Chez Arkwright — Destruction des insectes et animaux nuisibles » ; j'y avais été une fois quand on avait eu une invasion de cafards. Mrs. Arkwright était là et faisait sa caisse ; en nous voyant passer, elle a aperçu May et lui a crié d'entrer. Ma mère n'était pas ravie mais, tout en marmonnant quelque chose à propos de Jésus qui fréquentait les collecteurs d'impôts et les pécheurs, elle m'a poussée à l'intérieur devant tout le monde.

— Où t'étais passée, May a demandé Mrs. Arkwright en s'essuyant la main sur un torchon, je t'ai pas vue depuis un mois.

— J'étais à Blackpool.

— Ho-ho, y a eu une petite rentrée d'argent, c'est ça ?

— J'ai gagné au bingo, trois fois.

— C'est pas vrai !

Mrs. Arkwright était à la fois admirative et de mauvaise humeur.

La conversation a continué sur ce ton pendant un certain temps, Mrs. Arkwright se plaignant que les affaires ne marchaient pas, qu'elle serait obligée de fermer boutique, et que les parasites n'étaient plus rentables.

— Espérons qu'on aura un été très chaud, ça les fera ressortir.

Ma mère était visiblement affligée.

— Vous vous rappelez cette vague de chaleur qu'on a eue il y a deux ans ? Ah, là, j'ai fait de sacrées affaires. J'en ai empoisonné, des cafards, des blattes, des rats, tout ce que vous voudrez. Mais ça n'est plus ce que c'était.

On a observé un silence respectueux pendant quelques instants, puis ma mère a toussoté et dit qu'il était temps qu'on y aille.

— Tenez, a fait Mrs. Arkwright, n'avez qu'à prendre ça pour la mioche. (C'est-à-dire moi. Elle a farfouillé quelque part derrière le comptoir et en a extrait des boîtes de différentes formes.) Elle pourra y mettre ses billes et ses petits trésors dedans, a-t-elle expliqué.

— Super, merci, ai-je dit avec un sourire.

— Hé, c'est une marrante, dites donc, m'a-t-elle dit en me souriant puis, essuyant fermement sa main sur la mienne, elle nous a laissées sortir de la boutique.

— Regarde mes boîtes, May. Je les lui ai tendues.

— Tante May, a dit ma mère d'un ton sec.

May a examiné les boîtes avec moi.

— « Poissons d'argent », a-t-elle lu. « Saupoudrez généreusement derrière les éviers, les toilettes et dans les endroits exposés à l'humidité. » Oh, très joli. Et celle-là, qu'est-ce que c'est ? « Pous, punaises, etc. Garanti efficace. Satisfait ou remboursé. »

Finalement on est arrivées à la maison, bonne nuit May, bonne nuit Alice, Dieu vous bénisse. Mon père était déjà allé se coucher parce qu'il travaillait dans l'équipe du matin. Ma mère n'irait pas au lit avant des heures.

Aussi longtemps que je m'en souvienne, ma mère s'est toujours couchée à quatre heures, et mon père s'est toujours levé à cinq heures. D'une certaine manière, c'était agréable parce que je pouvais descendre en plein milieu de la nuit sans me retrouver toute seule. Souvent on se faisait des œufs au bacon et ma mère me lisait un passage de la Bible.

C'est de cette manière que j'ai commencé mon éducation ; ma mère m'a appris à lire dans le Deutéronome et elle m'a raconté les vies des saints, en m'expliquant qu'ils étaient réellement mauvais et en proie à des désirs innommables. Ils n'étaient pas dignes d'être adorés; cette idée-là était encore une hérésie de l'Église catholique et je ne devais pas me laisser induire en erreur par les belles paroles des prêtres.

— Mais je n'en vois jamais, des prêtres.

— Toutes les filles doivent avoir comme devise : TIENS-TOI PRÊTE.

J'ai appris ainsi qu'il pleut lorsque des nuages heurtent un bâtiment élevé, par exemple un clocher ou une cathédrale ; le choc crève les nuages et tous les gens qui sont en dessous sont trempés. C'est pour ça qu'autrefois, quand les seuls bâtiments élevés étaient des bâtiments sacrés, les gens disaient que la propreté va toujours de pair avec la piété. Plus une ville est pieuse, puis elle possède de bâtiments élevés, et plus il y pleut. « C'est pour ça qu'il y a tant de sécheresse dans tous ces pays païens », m'a expliqué ma mère, puis son regard s'est perdu dans le vague et son crayon s'est mis à trembler. « Pauvre pasteur Spratt ! »

J'ai découvert que tout, dans le monde naturel, était un symbole du Grand Combat entre le bien et le mal. « Regarde par exemple le mamba », m'a dit une fois ma mère. « Sur de courtes distances, il peut courir plus vite qu'un cheval. » Et elle m'a dessiné la course sur une feuille de papier. Elle voulait dire que le mal peut triompher à court terme, mais jamais pour très longtemps. On s'est senties très contentes et on a chanté notre hymne préféré, *Ne cède point à la tentation*.

Une fois, j'ai demandé à ma mère de m'apprendre le français, mais son visage s'est assombri et elle a dit qu'elle ne pouvait pas.

— Pourquoi ?

— Le français a failli être ma perte.

J'ai insisté et je lui ai demandé « Ça veut dire quoi, ta perte ? » chaque fois que je pouvais, mais elle se contentait de secouer la tête et de marmonner que j'étais trop jeune, que je découvrirais bien assez tôt pourquoi et que c'était une vilaine chose.

« Un jour », m'a-t-elle dit finalement, « je te parlerai de Pierre », puis elle a mis la radio et m'a ignorée tellement longtemps que je suis retournée au lit.

Très souvent, elle commençait à me raconter une histoire et puis, au beau milieu, elle se mettait à parler de tout à fait autre chose, si bien que je n'ai jamais su ce qui est arrivé au Paradis terrestre quand il a cessé d'exister au large des côtes Indiennes, et que je suis restée coincée à « six fois sept quarante-deux » pendant presque une semaine.

« Pourquoi je ne vais pas à l'école ? » lui ai-je demandé un jour. L'école excitait ma curiosité parce que ma mère disait toujours que c'était un Foyer d'Infection. Je ne savais pas ce qu'elle voulait dire, mais je savais que c'était une mauvaise chose, comme les Choses Pas Naturelles. Mais elle m'a juste répondu « qu'à l'école ils me détourneraient du droit chemin ».

Je réfléchissais à tout ça dans les toilettes. Elles étaient à l'extérieur et je détestais y aller la nuit à cause des araignées de la remise à charbon qui y entraient. On avait l'impression que mon père et moi étions toujours aux toilettes, moi assise et fredonnant, et lui debout, je suppose. Ma mère se mettait très en colère.

« Sors de là, ça ne prend pas tout ce temps. »

Mais c'était le seul endroit où on pouvait aller. On dormait dans la même chambre parce que ma mère nous construisait une salle de bains à l'arrière, et si elle arrivait à installer la cloison, elle ferait aussi une petite demi-chambre pour moi. Mais elle travaillait très lentement, parce qu'il y avait un tas de choses auxquelles il fallait qu'elle réfléchisse. Parfois Mrs. White venait l'aider à faire le mastic, mais elles finissaient toujours par écouter Johnny Cash ou par composer un nouveau pamphlet sur le Baptême par Immersion Totale. Elle a fini par terminer, mais seulement au bout de trois ans.

Entre-temps, mes leçons ont continué. J'ai appris des choses sur l'Horticulture et les Bêtes Nuisibles du Jardin grâce aux granulés anti-limaces et aux catalogues de graines de ma mère, et j'ai commencé à comprendre la notion de Processus Historique à travers les prophéties du livre des Révélations et un magazine appelé *La Pure Vérité* que ma mère recevait chaque semaine.

« Elie est de nouveau parmi nous », déclarait-elle.

C'est ainsi que j'ai appris à interpréter les signes et les miracles que l'incroyant ne saurait jamais comprendre.

« Tu en auras besoin quand tu seras missionnaire », me rappelait ma mère.

Puis, un matin qu'on s'était levées tôt pour écouter Ivan Popov qui parlait depuis l'autre côté du Rideau de Fer, une grosse enveloppe marron est tombée par la fente de la boîte aux lettres. Ma mère a cru que c'était des lettres de remerciements des gens qui avaient assisté à la Croisade pour la Guérison des Malades qu'on avait organisée à la mairie. Elle a déchiré l'enveloppe et a fait une figure de trois pieds de long.

— Qu'est-ce que c'est ? lui ai-je demandé.

— C'est à propos de toi.

— A propos de moi ?

— Il faut que je t'envoie à l'école.

Je me suis précipitée aux toilettes et je me suis assise ; le Foyer d'Infection, enfin.

EXODE

— Pourquoi est-ce que tu veux que j'aille à l'école ? lui ai-je demandé la veille au soir.

— Parce que si tu n'y vas pas, j'irai en prison.

Elle a pris le couteau.

— Combien de tranches tu veux ?

— Deux ai-je dit. Tu mets quoi dedans ?

— Du ragoût de bœuf, et ne te plains pas.

— Mais si tu vas en prison tu en ressortiras. Saint Paul allait tout le temps en prison.

— Je sais... (elle a coupé le pain d'un geste ferme, si bien qu'il y a eu juste un petit peu de jus de ragoût qui a dégouliné) mais les voisins ne le savent pas, eux. Mange ça et tiens-toi tranquille.

Elle a fait glisser l'assiette vers moi. Ça avait l'air horrible.

— Pourquoi on ne peut pas avoir de frites ?

— Parce que je n'ai pas le temps de te faire de frites. J'ai mon bain de pieds à prendre, ta veste à repasser et je n'ai pas encore regardé toutes ces demandes de prières. De toute façon il n'y a plus de pommes de terre.

Je suis allée dans le salon à la recherche de quelque chose à faire. J'ai entendu ma mère qui allumait la radio dans la cuisine.

« Et maintenant », a annoncé une voix, « une émission sur la vie familiale des escargots. »

Ma mère a poussé un cri.

— Tu as entendu ça ? a-t-elle demandé en passant la tête par la porte de la cuisine. La vie familiale des escargots, c'est une Abomination, c'est comme si on disait que nous descendons des singes.

Je me suis imaginé Monsieur et Madame Escargot chez eux, le soir, par un mercredi pluvieux, Monsieur Escargot paisiblement assoupi, Madame Escargot lisant un livre sur les enfants difficiles. « *Je suis si inquiète, docteur. Il est si calme, il ne veut pas sortir de sa coquille.* »

— Mais non Maman, ai-je dit, ça n'a rien à voir.

Mais elle ne m'écoutait pas. Elle était retournée dans la cuisine et je l'entendais marmonner tout haut contre les parasites tandis qu'elle cherchait à capter *L'office du Monde*. Je l'ai suivie. « Le Diable est présent dans le monde, mais pas dans cette maison », a-t-elle dit, et elle a fixé du regard le portrait du Seigneur accroché au-dessus du four. C'était une aquarelle d'environ cinq centimètres de côté que le pasteur Spratt avait peinte pour ma mère avant de partir avec sa Croisade de Gloire pour Wigan (près de Manchester) et l'Afrique. Elle était intitulée « Le Seigneur nourrissant les oiseaux » et ma mère l'avait placée au-dessus du four parce que c'est là qu'elle passait le plus clair de son temps à cuisiner pour les fidèles. L'aquarelle était un peu abîmée maintenant et le Seigneur avait une tache d'œuf sur le pied, mais on ne voulait pas y toucher de peur que la peinture ne parte avec.

« J'en ai assez », a dit ma mère. « Va-t'en ».

Elle a refermé la porte de la cuisine et éteint la radio. Je l'ai entendue fredonner *Glorieux est le nom du Seigneur*.

Le lendemain matin s'est déroulé dans un tourbillon d'activité. Ma mère m'a tirée du lit en criant qu'il était sept heures et demie, qu'elle n'avait pas fermé l'œil de la nuit et que mon père était parti au travail sans sa gamelle. Elle a versé une bouilloire d'eau brûlante dans l'évier.

— Pourquoi tu n'es pas allée te coucher ? lui ai-je demandé.

— Pour me lever trois heures après en même temps que toi, ça n'est pas la peine.

Elle a fait couler avec force un jet d'eau froide dans l'eau chaude.

— Tu aurais pu aller tôt au lit, ai-je suggéré, tout en me bagarrant avec mon haut de pyjama. C'était une vieille dame qui me l'avait fait, et elle avait prévu le col de la même taille que les emmanchures, si bien que j'avais tout le temps mal aux oreilles. Un jour, je suis restée sourde pendant trois mois à cause de mes végétations : mais personne ne s'en est rendu compte.

Une nuit, j'étais dans mon lit et je pensais à la gloire du Seigneur quand, brusquement, je me suis dit que le monde était devenu très silencieux. J'avais été à l'église comme d'habitude, chanté aussi fort que d'habitude, mais depuis un certain temps j'avais l'impression d'être la seule à faire du bruit.

J'avais supposé que j'étais en état d'extase, un phénomène assez courant dans notre église, et par la suite j'ai découvert que ma mère avait pensé la même chose. Lorsque May avait demandé pourquoi je ne répondais à personne, ma mère lui avait dit :

— C'est le Seigneur.

— Comment ça, le Seigneur ? May était perplexe.

— Les voies du Seigneur sont mystérieuses, avait déclaré ma mère et elle avait continué son chemin.

Ainsi, sans que je le sache, la rumeur que j'étais en extase et que personne ne devait me parler s'était répandue dans notre église.

— Pourquoi est-ce arrivé ? a voulu savoir Mrs. White.

— Oh, ce n'est pas surprenant, elle a sept ans, vous savez, a dit May, et elle a marqué une pause pour faire plus d'effet. « C'est un nombre sacré, il se passe des choses étranges quand on a affaire au chiffre sept, il n'y a qu'à voir Elsie Norris. »

Elsie Norris, « Elsie-les-Miracles » comme on l'appelait, était un grand encouragement pour notre église. Chaque fois que le pasteur nous demandait de témoigner de la bonté de Dieu, Elsie se levait d'un bond et s'écriait : « Ecoutez ce que le Seigneur a fait pour moi cette semaine. »

Elle avait eu besoin d'œufs, et le Seigneur les lui avait envoyés.

Elle avait eu une crise de colique, et le Seigneur y avait mis fin.

Elle priait toujours deux heures par jour;
une fois le matin à sept heures,
et une fois le soir à sept heures.

Son passe-temps était la numérologie et elle ne lisait jamais la Parole Divine sans jeter les dés pour se guider.

« Un dé pour le chapitre, un dé pour le verset », avait-elle coutume de dire.

Un jour, quelqu'un lui avait demandé comment elle faisait pour les livres de la Bible qui comportaient plus de six chapitres.

« J'ai ma façon de faire », avait-elle répondu sèchement, « et le Seigneur a la sienne ».

Je l'aimais beaucoup parce qu'il y avait des objets intéressants chez elle. Elle avait un orgue qu'il fallait actionner avec des pédales pour le faire marcher. Chaque fois que j'allais la voir, elle me jouait *Guide-nous lumière bienveillante*. Elle appuyait sur les touches et moi sur les pédales parce qu'elle avait de l'asthme. Elle collectionnait les pièces de monnaie étrangères et les rangeait dans une boîte en verre qui sentait l'huile de lin. Elle disait que ça lui rappelait son défunt mari qui avait joué dans l'équipe de cricket du Lancashire.

« On l'appelait Stan-la-Main-de-Fer », me disait-elle chaque fois que je venais la voir. Elle ne se souvenait jamais de ce qu'elle racontait aux gens ni depuis combien de temps elle avait son cake aux fruits. Une fois, elle m'a offert le même morceau de cake pendant cinq semaines de suite. Heureusement, elle ne se souvenait jamais non plus de ce qu'on lui disait, et chaque semaine j'utilisais la même excuse.

— J'ai la colique, disais-je.

— Je prierai pour toi, disait-elle.

Elle avait un objet encore plus intéressant, un collage représentant l'Arche de Noé. On y voyait les deux parents Noé qui se penchaient par une fenêtre pour regarder le Déluge tandis que les autres membres de la famille essayaient d'attraper un des lapins. Mais pour moi, le délice suprême, c'était un chimpanzé détachable découpé dans un tampon Jex ; à la fin de ma visite, Elsie me laissait jouer avec lui quelques minutes. J'avais toutes sortes de variantes, mais en général je le faisais se noyer.

Un dimanche, le pasteur a expliqué à tout le monde que l'Esprit était en moi. Il a parlé de moi pendant vingt minutes et je n'ai pas entendu un seul mot ; je me suis contentée de rester sagement assise à lire ma Bible en me disant que c'était vraiment un très long livre. Bien sûr, cette apparente modestie a convaincu tout le monde d'autant plus.

Je croyais que personne ne me parlait et les gens croyaient que je ne leur parlais pas. Mais la nuit où je me suis rendu compte que je n'entendais plus rien, je suis descendue et j'ai écrit sur un bout de papier : *Maman, le monde est très silencieux.*

Ma mère a hoché la tête et elle a continué à lire son livre. Il était arrivé avec le courrier du matin et c'était le pasteur Spratt qui l'avait envoyé. C'était une description de la vie des missionnaires, intitulée *Les autres continents Le connaissent aussi.*

Je n'ai pas réussi à attirer son attention, alors j'ai pris une orange et je suis retournée au lit. Si je voulais en avoir le cœur net, il fallait que je me débrouille toute seule.

Quelqu'un m'avait offert un magnétophone et un recueil de mélodies pour mon anniversaire. Je me suis calée contre les oreillers et j'ai joué à la flûte le début de *Auld Lang Syne*.

Je voyais mes doigts bouger mais pas le moindre son.

J'ai essayé *Little Brown Jug*.

Rien.

En désespoir de cause, j'ai essayé de reproduire le rythme de *Ol' Man River*.

Rien.

Et je ne pouvais rien faire avant le matin.

Le lendemain matin, j'ai bondi hors du lit, décidée à expliquer à ma mère ce qui n'allait pas.

Il n'y avait personne à la maison.

J'ai trouvé mon petit déjeuner posé sur la kitchenette avec un message.

Chère Jeanette,

Nous sommes allées à l'hôpital prier pour Tante Betty. Sa jambe ne va pas bien du tout. Baisers, Maman.

Je me suis occupée comme j'ai pu le reste de la journée et finalement j'ai décidé d'aller me promener. Cette promenade a été mon salut. J'ai rencontré Miss Jewsbury qui joue du hautbois et dirige la chorale des Sœurs. Elle est très intelligente.

« Mais elle n'est pas sainte », avait dit une fois Mrs. White. Miss Jewsbury avait dû me dire bonjour et je n'avais sans doute rien remarqué. Elle n'était pas venue à l'église depuis longtemps à cause de sa tournée dans les Midlands avec l'Orchestre Symphonique du Salut et elle ne savait pas que l'Esprit était en moi. Elle se tenait devant moi, ouvrant et fermant la bouche, qu'elle avait très grande à cause du hautbois, et haussant très haut les sourcils. Je l'ai prise par la main et je l'ai emmenée à la poste. Là, j'ai pris un des stylos et j'ai écrit derrière un formulaire de demande d'allocations familiales,

Chère Miss Jewsbury, Je n'entends rien.

Elle m'a regardée d'un air horrifié et, prenant le stylo, elle a écrit :

Que fait ta mère ? Pourquoi n'es-tu pas au lit ?

Comme il ne restait plus de place sur le formulaire, j'ai dû écrire sur l'imprimé de Qui appeler en Cas d'Urgence.

Chère Miss Jewsbury, ma mère n'est pas au courant. Elle est allée à l'hôpital voir Tante Betty. J'étais au lit la nuit dernière.

Miss Jewsbury s'est contentée de me regarder fixement. Elle m'a regardée si longtemps que je me suis dit qu'il était temps de rentrer à la maison. Puis elle m'a saisie par la main et m'a emmenée à l'hôpital à toute vitesse. Quand on est arrivées, ma mère et d'autres personnes étaient assises autour du lit de tante Betty et chantaient en chœur. Ma mère nous a aperçues et a eu l'air un peu surprise, mais elle ne s'est pas levée. Miss Jewsbury lui a donné une petite tape sur le coude et a recommencé son manège avec sa bouche et ses sourcils ; ma mère s'est contentée de secouer et secouer la tête. Finalement, Miss Jewsbury a crié tellement fort que même moi je l'ai entendue. « L'Esprit n'est pas en elle », a-t-elle hurlé, « cette enfant est sourde. »

Tous les gens dans la chambre se sont retournés pour me regarder. Je suis devenue très rouge et je me suis concentrée sur le broc de tante Betty. Le pire, c'était de ne pas savoir du tout ce qui se passait. Puis un docteur est arrivé, très en colère, et lui et Miss Jewsbury se sont fait mutuellement de grands gestes. Les fidèles avaient replongé le nez dans leurs partitions comme si de rien n'était.

Le docteur et Miss Jewsbury m'ont emmenée à toute vitesse dans une pièce froide et pleine de machines et ils m'ont fait m'allonger. Le docteur s'est mis à me tapoter en différents endroits tout en secouant la tête.

Et tout était complètement silencieux.

Puis ma mère est arrivée et elle a paru comprendre ce qui se passait. Elle a signé un formulaire et m'a écrit un autre message.

Chère Jeanette,
Ce n'est pas grave, tu es juste un petit peu sourde. Pourquoi ne m'as-tu rien dit ? Je vais à la maison chercher ton pyjama.

Qu'est-ce qu'elle faisait ? Pourquoi me laissait-elle ici ? Je me suis mise à pleurer. Ma mère a eu l'air horrifiée et, fouillant dans son sac à main, elle m'a donné une orange. Je l'ai pelée pour me réconforter et, voyant que j'avais l'air plus calme, tout le monde s'est regardé et s'en est allé.

Depuis toujours, j'avais supposé que le monde fonctionnait selon des règles très simples, un peu comme une version en plus grand de notre église. Mais maintenant, je m'apercevais que même l'église n'est parfois pas très sûre d'elle. Et ça, c'était un problème. Mais je ne devais pas m'y attaquer avant de nombreuses années. Le problème, pour le moment, était de savoir ce qui allait m'arriver. L'hôpital Victoria était grand et effrayant et je ne pouvais même pas chanter parce que je ne m'entendais pas. Il n'y avait rien à lire sauf des pancartes sur les soins dentaires et une notice d'utilisation de la machine à rayons X. J'ai essayé de me construire un igloo avec la peau de l'orange mais il n'arrêtait pas de s'écrouler et même quand j'ai réussi à le faire tenir, je n'avais pas d'Esquimau à mettre dedans, si bien que j'ai dû inventer une histoire appelée « Comment l'Esquimau s'est fait manger » qui m'a rendue encore plus triste. C'est toujours la même chose quand on fait des digressions ; on finit par se laisser entraîner.

Enfin, ma mère est revenue, une infirmière m'a mise dans mon pyjama et nous a emmenées toutes les deux dans le dortoir des enfants. Il était hideux. Les murs étaient rose pâle et les rideaux représentaient des animaux. Mais pas de vrais animaux : ceux-là étaient tous duveteux et ils jouaient avec des ballons multicolores. J'ai pensé au morse que je venais d'inventer. Il était méchant, il avait mangé l'Esquimau ; mais il valait mieux qu'eux. L'infirmière avait jeté mon igloo à la poubelle.

Je n'avais rien à faire, sauf méditer sur mon sort et rester allongée bien sagement. Deux heures plus tard, ma mère est revenue avec ma Bible, un album à colorier de l'Union pour les Ecritures et un paquet de pâte à modeler que l'infirmière a voulu me confisquer. J'ai fait la moue et elle a écrit sur un carton : « C'est mauvais, tu risques de l'avaler. » Je l'ai regardée et j'ai écrit en réponse : « Je ne veux pas l'avaler, je veux construire des choses avec. De toute façon, la pâte à modeler n'est pas toxique, c'est marqué derrière » et j'ai agité le paquet dans sa direction. Elle a froncé les sourcils et secoué la tête. Je me suis tournée vers ma mère pour qu'elle vienne à ma rescousse, mais elle était en train de m'écrire une longue lettre. L'infirmière a commencé à refaire mon lit et elle a fourré la pâte incriminée dans la poche de son uniforme. J'ai bien vu qu'elle ne risquait pas de changer d'avis.

J'ai humé l'air ; ça sentait le désinfectant et la purée de pommes de terre. Puis ma mère m'a donné une petite bourrade, a posé sa lettre sur la table de nuit et vidé un énorme cabas plein d'oranges dans la cuvette près du broc. J'ai souri piteusement, espérant qu'elle allait me consoler, mais au lieu de ça elle m'a tapoté sur la tête et elle est partie. Ainsi, j'étais seule. J'ai pensé à Jane Eyre qui avait affronté bien des épreuves et qui s'était toujours montré courageuse. Ma mère me lisait le livre chaque fois qu'elle était triste; elle disait qu'il lui donnait de la force. J'ai regardé sa lettre : c'était le laïus habituel du style ne-t'en-fais-pas, il-y-a-plein-de-gens-qui-viendront-te-voir, sois-brave, et elle me promettait de travailler dur à faire la salle de bains et de ne pas laisser Mrs. White l'interrompre. Elle disait aussi qu'elle viendrait bientôt me rendre visite, et que si elle ne pouvait pas venir elle enverrait son mari. Et que mon opération aurait lieu demain. J'en ai laissé la lettre tomber sur mon lit. Demain ! Et si je mourais ? Moi qui étais si jeune, si prometteuse ! Je me suis mise à penser à mon enterrement, à tous les gens en pleurs. Je voulais être enterrée avec Nounours et ma Bible. Fallait-il que je laisse des instructions ? Pouvais-je être sûre que quelqu'un les prendrait en compte ? Ma mère savait tout sur les maladies et les opérations. Le docteur lui avait dit que, dans son état, elle ne devrait pas marcher comme ça, mais elle lui avait répondu que son heure n'était pas venue, et qu'au moins, contrairement à lui, elle savait où elle allait. Elle avait lu dans un livre qu'il y a plus de gens qui meurent pendant une anesthésie que de gens qui se noient en faisant du ski nautique.

« Si le Seigneur te permet de revenir », avait-elle dit à May avant qu'elle ne se fasse opérer pour ses calculs, « tu sauras que c'est parce qu'il a une tâche pour toi ». Je me suis terrée sous les couvertures en priant le Seigneur de me laisser revenir.

Le matin de mon opération, les infirmières étaient tout sourire et elles ont refait mon lit et disposé les oranges en une pyramide bien symétrique. Deux bras velus m'ont soulevée et attachée sur un chariot glacial. Les roulettes grinçaient et l'homme qui poussait le chariot allait trop vite. Il y a eu des couloirs, des portes à battants et des masques blancs bien ajustés avec deux paires d'yeux juste au-dessus. Une infirmière m'a tenu la main pendant que quelqu'un plaçait un masque sur mon nez et ma bouche. J'ai inspiré et j'ai vu une longue ligne de skieurs nautiques qui tombaient et ne remontaient pas à la surface. Puis je n'ai plus rien vu du tout.

— C'est de la gelée, Jeanette.

Je le savais, j'étais morte et les anges m'offraient de la gelée. J'ai ouvert les yeux, pensant apercevoir une paire d'ailes.

— Allez, il faut manger », m'a encouragée la voix.

—Est-ce que vous êtes un ange ?, ai-je demandé, pleine d'espoir.

— Pas tout à fait, je suis un docteur. Mais notre petite infirmière, ici, est un ange, n'est-ce pas ?

L'ange a rougi.

— J'entends, ai-je dit, sans m'adresser à personne en particulier.

— Mange ta gelée, a dit l'infirmière.

Je me serais sans doute languie toute seule le reste de la semaine si Elsie n'avait pas découvert que j'étais là et ne s'était pas mise à me rendre visite. Je savais que ma mère ne pourrait pas venir avant le week-end parce qu'elle attendait que le plombier vienne vérifier ses installations. Elsie venait tous les jours et me racontait des blagues pour me faire rire et des histoires pour que je me sente mieux. Elle disait que les histoires aident à comprendre le monde. Lorsque je me suis sentie mieux, elle m'a promis de me montrer les règles fondamentales que je devais connaître pour l'aider quand elle faisait de la numérologie. J'ai senti un frisson d'excitation me parcourir car je savais que ma mère n'était pas d'accord avec ces choses. Elle disait que la numérologie était trop proche de la folie.

— Peu importe, disait Elsie, ça marche.

On s'amusait bien toutes les deux; on imaginait ce qu'on ferait quand je serais guérie.

— Quel âge tu as, Elsie ? lui ai-je demandé.

— Je me souviens de la Grande Guerre, et je n'en dirai pas plus.

Elle a commencé à me raconter comment elle avait conduit une ambulance qui n'avait plus de freins.

Ma mère est venue me voir très souvent en fin de compte, mais c'était une période chargée à l'église. Ils étaient en train d'organiser la campagne de Noël. Quand elle ne pouvait pas venir elle envoyait mon père, en général avec une lettre et deux oranges.

« Les oranges sont les seuls fruits », disait-elle toujours.

Salade de fruits, tarte aux fruits, mousse de fruits, punch aux fruits. Fruits du démon, fruits de la passion, fruits pourris, fruits le dimanche.

Les oranges sont les seuls fruits. Je remplissais mon petit seau de pelures d'oranges que les infirmières vidaient avec mauvaise grâce, je cachais les pelures sous mon oreiller et les infirmières me grondaient et soupiraient.

Elsie Norris et moi, on mangeait une orange tous les jours ; une moitié chacune. Comme Elsie n'avait plus de dents, elle suçotait et mâchonnait. Je mangeais mes quartiers comme on fait avec les huîtres, en les faisant tomber tout au fond de la gorge. Les gens nous regardaient, mais ça nous était égal.

Lorsqu'Elsie ne lisait pas la Bible, ou ne me racontait pas d'histoires, elle passait son temps auprès des poètes. Elle me racontait tout sur Swinburne et ses problèmes et sur l'oppression de William Blake.

« Personne n'écoute les excentriques », disait-elle. Lorsque j'étais triste elle me lisait *Goblin Market* qui avait été écrit par une femme appelée Christina Rossetti, dont l'ami lui avait un jour offert un bocal contenant une souris conservée dans de l'alcool.

Mais, de tous les poètes qu'aimait Elsie, son préféré était W.B. Yeats. Yeats, disait-elle, connaissait l'importance des nombres et la grande influence de l'imagination sur le monde.

« Ce qui ressemble à une chose », m'a-t-elle dit un jour, « en est peut-être une autre. » Je me suis souvenue de mon igloo en peau d'orange.

« Si tu penses à quelque chose suffisamment longtemps », m'a-t-elle expliqué, « il y a toutes les chances que cette chose se produise ». Elle a tapoté sa tête du bout du doigt. « Tout est dans l'esprit. »

Ma mère croyait que si l'on priait assez longtemps, ce que l'on souhaitait se produisait. J'ai demandé à Elsie si c'était la même chose.

« Dieu est en tout », a-t-elle dit pensivement, « donc c'est toujours la même chose ».

J'avais dans l'idée que ma mère ne serait pas d'accord, mais comme elle n'était pas là ça n'avait pas d'importance.

Je jouais aux petits chevaux et au Pendu avec Elsie. Chaque jour avant de partir, elle avait pris l'habitude de me lire un poème.

Dans l'un d'entre eux, il y avait ces vers :

Toutes les choses s'écroulent et sont reconstruites,
Et ceux qui les reconstruisent sont heureux.

C'était une chose que je pouvais comprendre, parce qu'il y avait des semaines que je travaillais sur mon igloo en peau d'orange. Certains jours, j'étais très déçue, d'autres jours, je triomphais presque. C'était une œuvre d'équilibre et de vision. Elsie m'encourageait toujours et me disait de ne pas faire attention aux infirmières.

— Ça aurait été plus facile avec de la pâte à modeler, me suis-je plainte un jour.

— Mais moins intéressant, a-t-elle dit.

Lorsqu'enfin je suis sortie de l'hôpital, mon ouïe était redevenue normale et j'avais retrouvé ma confiance (grâce à elle).

J'ai dû rester deux jours chez Elsie, le temps que ma mère revienne de Wigan où elle était partie vérifier la comptabilité de la Société des Ames Perdues.

— J'ai trouvé une nouvelle partition, m'a dit Elsie dans le bus, avec dedans un interlude pour sept éléphants.

— Comment ça s'appelle ?

— *La Bataille d'Abyssinie*.

Qui est, comme chacun le sait, un très célèbre exemple de sentimentalité victorienne, tout comme le prince Albert.

— Tu as trouvé autre chose sinon ?

— Non, le Seigneur et moi n'avons pas grand-chose à nous dire en ce moment. Ça va et ça vient. En attendant, je fais un petit peu de décoration, rien d'extravagant, juste une petite touche de peinture sur les plinthes. Lorsque je suis avec le Seigneur, je n'ai rien le temps de faire !

Lorsqu'on est arrivées chez elle, elle est soudain devenue très énigmatique et m'a dit d'attendre dans le salon. J'ai entendu des froissements, des marmonnements, et puis quelque chose qui couinait. Enfin, elle a ouvert la porte, en ahanant.

— Dieu me pardonne, a-t-elle haleté. Ça pèse vraiment une tonne.

Elle a posé lourdement une grosse boîte sur la table.

— Ouvre-la donc.

— Qu'est-ce que c'est ?

— Tu verras bien, ouvre-la.

J'ai retiré le papier d'emballage.

C'était une cage en bois en forme de dôme avec dedans trois souris blanches.

« Shadrach, Meshach et Abed-Nego dans la fournaise ardente. »

Elsie m'a souri de toutes ses gencives.

— Regarde, j'ai peint les flammes moi-même.

Le fond de la cage était barbouillé de flammes d'un orange agressif.

— Ça pourrait même représenter la Pentecôte, ai-je suggéré.

— Oui, c'est très polyvalent, a-t-elle acquiescé.

Les souris nous ignoraient.

— Et regarde, j'ai fait ça aussi. Elle a fouillé dans son sac et en a extrait deux figurines en contreplaqué. Elles étaient peintes dans des couleurs très vives, mais on voyait bien que l'une d'entre elles était de nature céleste, à cause des ailes. Elsie m'a regardée d'un air triomphant.

— C'est Nabuchodonosor et l'ange du Seigneur.

Elle avait fait deux petites fentes dans le socle de l'ange pour pouvoir le fixer au sommet du dôme sans déranger les souris.

— C'est beau, ai-je dit.

— Je sais, a dit Elsie en hochant la tête et en jetant un bout de fromage juste sous le nez de l'ange.

Ce soir-là on a fait des scones et on s'est assises près du feu. Elsie avait une vieille cheminée avec le portrait de Florence Nightingale et d'hommes célèbres imprimés sur les carreaux de céramique. Il y avait Clive de l'Inde, Palmerston et Isaac Newton qui avait le menton roussi parce que les flammes étaient montées trop haut. Elsie m'a montré ses dés sacrés, qu'elle avait achetés à la Mecque quarante ans plus tôt. Elle les cachait dans une boîte derrière le manteau de la cheminée au cas où il y aurait des cambrioleurs.

— Il y a des gens qui disent que je suis gâteuse, mais il y a plus de choses qu'on ne croit dans ce monde.

J'ai attendu sagement qu'elle continue.

— Il y a ce monde-ci, a-t-elle dit en martelant le mur d'un geste théâtral, et il y a celui-là ; et elle s'est frappé la poitrine. Pour les comprendre, il faut prendre les deux en compte.

— Je ne comprends pas, ai-je soupiré, en me demandant quelle question lui poser pour essayer d'y voir plus clair, mais elle s'était endormie la bouche ouverte, et en plus, il y avait les souris à nourrir.

Ma seule consolation, tandis que les heures s'écoulaient et qu'Elsie ne se réveillait toujours pas, était que j'apprendrais peut-être la réponse à l'école. Mais, même quand Elsie s'est réveillée, elle semblait avoir tout oublié de son explication de l'univers ; elle voulait construire un tunnel pour les souris. Je n'ai pas trouvé beaucoup d'explications à l'école non plus ; les choses devenaient seulement de plus en plus compliquées. Au bout de trois trimestres, je commençais à désespérer ; j'avais appris des danses folkloriques et des rudiments de couture, mais pas beaucoup plus. La danse folklorique, ça voulait dire trente-trois gosses maigrichons, en chaussures de tennis noires et en knickers verts, essayant d'imiter Mademoiselle, qui dansait toujours avec Monsieur, de toute façon, et qui ne regardait jamais personne d'autre. Ils ont fini par se fiancer, mais ça n'a pas arrangé les choses pour nous, parce qu'ils ont commencé à se présenter à des concours de danse de salon, c'est-à-dire que pendant tout le cours ils répétaient leurs pas tandis qu'on se dandinait en essayant de suivre les instructions du gramophone. Le pire, c'était les menaces, ou d'être obligé de tenir la main de quelqu'un qu'on détestait. On défilait en se tordant les doigts et en se promettant des horreurs innommables dès que le cours serait fini. Comme j'en avais assez d'être brutalisée, je me suis mise à inventer les supplices les plus terribles, tout en continuant à conserver des airs de sainte nitouche. « Moi, Mademoiselle ? Non, Mademoiselle. Oh, *Mademoiselle*, ce n'est pas moi. » Mais c'était moi, c'était toujours moi. La menace la plus terrifiante que j'avais inventée pour les filles était de les plonger dans la fosse à purin qui se trouve derrière les usines des Fers Forgés Rathbone. Pour les garçons, tout ce qui concernait leur zizi faisait l'affaire. C'est ainsi que, trois semestres plus tard, je suis allée m'accroupir, misérable, dans la remise à chaussures. La remise était sombre et sentait mauvais, elle sentait toujours mauvais, même en début de trimestre.

« C'est impossible de faire partir l'odeur de pieds », avais-je entendu la femme de ménage dire d'un ton aigre.

Elle avait secoué la tête ; elle avait chassé plus d'odeurs dans sa vie qu'elle n'avait mangé de repas chauds. Une fois, elle avait même travaillé dans un zoo, « et on sait comme ça sent mauvais, les bêtes », mais devant l'odeur de pieds, elle avait déclaré forfait. « Ce produit-là vous décape un plancher, avait-elle dit, en brandissant un pot de couleur rouge, mais ça n'arrive pas à faire partir l'odeur de pieds. »

Au bout d'une semaine, on ne remarquait plus vraiment l'odeur, et en plus c'était une bonne cachette. Les professeurs n'y venaient jamais, sauf quand ils surveillaient, et ils restaient à quelques mètres de la porte. Le dernier jour du trimestre... on avait fait une sortie au Zoo de Chester au début de la semaine. Tout le monde était sur son trente et un et c'était à qui aurait les chaussettes les plus propres et les sandwiches les plus impressionnants. On rêvait tous de canettes de boisson, parce qu'on avait presque tous du jus d'orange dans des récipients en Tupperware. Les Tupperware finissaient toujours par chauffer et on se brûlait la bouche.

« T'as du pain complet ? (crapahutage sur les sièges et trois têtes surgissent). C'est pour quoi faire ? Il y a des fragments dedans, t'es végétarienne ? »

J'essaye d'avoir l'air imperturbable tandis qu'ils tâtent mes sandwiches. L'inspection générale se poursuit ensuite de siège en siège, alternant entre des murmures envieux et des hurlements de rire. Susan Green avait des bâtonnets de poisson froids dans ses sandwiches, parce que sa famille était très pauvre et qu'ils devaient manger les restes, même si c'était des restes horribles. La dernière fois elle n'avait que de la sauce comme garniture, parce qu'ils n'avaient même plus de restes. Le Comité d'inspection a fini par décider que les meilleurs sandwiches étaient ceux de Shelley. Elle avait des petits pains blancs et luisants fourrés avec des œufs durs saupoudrés de curry et d'un peu de persil. Et elle avait une canette de limonade. Le zoo lui-même n'était pas intéressant et on a été obligés de marcher deux par deux. Notre crocodile s'est faufilé de-ci de-là, on a abîmé nos chaussures neuves dans le sable et la sciure, on a transpiré et on s'est agglutinés les uns aux autres. Stanley Farmer est tombé dans la mare aux flamants roses et personne n'avait d'argent pour acheter des animaux miniatures. Une heure plus tôt que prévu, on est retournés au car et on est rentrés en bringuebalant. On a laissé trois sacs en plastique pleins de vomi et des centaines de papiers de bonbons en souvenir au conducteur. On n'avait rien d'autre à lui donner.

« Plus jamais ça », a dit dans un grand soupir Mrs. Virtue en poussant le troupeau dans la rue. « Je ne m'exposerai plus jamais à une telle humiliation. »

En ce moment, Mrs. Virtue aidait Shelley à terminer une robe du soir pour l'été. « Elles font bien la paire toutes les deux », ai-je pensé.

Je me suis consolée en pensant au camp d'été que notre église organisait chaque année. Cette fois-ci on allait très loin, dans le Devon. Ma mère était tout excitée parce que le pasteur Spratt, qui ne venait que très rarement en Angleterre, avait promis de faire une apparition. Il devait célébrer le premier service du dimanche dans le chapiteau évangélique installé tout près de Cullompton. En ce moment, il faisait le tour de l'Europe pour présenter son exposition. Il était en passe de devenir le plus célèbre et le plus habile des missionnaires de notre groupe d'églises. Des tribus qui vivaient dans des pays au nom imprononçable écrivaient des lettres de remerciements à notre siège central, en nous disant qu'ils se réjouissaient d'avoir trouvé le Seigneur et d'avoir été sauvés. Pour fêter le dix millième converti du pasteur Spratt, une souscription avait été lancée pour qu'il puisse prendre de longues vacances et présenter sa collection d'armes, d'amulettes, d'idoles et de méthodes de contraception primitives. L'exposition s'appelait : « Sauvés par la Grâce Seule ». Je n'avais vu que le prospectus mais ma mère avait tous les détails. Le pasteur Spratt mis à part, on avait élaboré une campagne minutieuse à l'attention des fermiers du Devon. Par le passé, on avait toujours utilisé les mêmes techniques, que notre action se déroule sous un chapiteau ou une salle municipale et quelle que soit la localité où on se trouvait. Et puis, un jour, la secrétaire chargée d'organiser les campagnes avait reçu du Siège Central un manuel stratégique, nous expliquant que le Second Avènement du Christ pouvait se produire à n'importe quel moment, et qu'il nous incombait de faire tous les efforts possibles pour sauver des âmes. Le manuel, qui avait été tout spécialement mis au point par le Groupe Marketing du Mouvement Charismatique, disait que les gens sont différents et qu'il faut les aborder de façon différente selon les cas. Il fallait faire en sorte que le salut ait un sens pour eux, qu'il représente quelque chose dans leur esprit. Par exemple, si on rendait visite à des gens de la côte, il fallait utiliser des métaphores marines pour que le message passe. Et surtout, lorsqu'on parlait aux gens, il fallait deviner très vite ce qu'ils désiraient le plus dans la vie et aussi ce qu'ils craignaient le plus. De cette façon, le message prenait tout de suite un sens pour eux. Le Groupe Marketing a organisé des week-ends de formation pour tous ceux qui participaient à la Lutte pour la Bonne Cause et distribué des graphiques sur lesquels on pouvait noter nos progrès pour nous donner courage. Le pasteur Spratt avait écrit une recommandation personnelle au dos des manuels. Il y avait aussi une photo de lui, beaucoup plus jeune, en train de baptiser un chef. Notre mission était donc de démontrer l'importance du Seigneur aux fermiers du Devon. Ma mère était chargée de l'approvisionnement du camp et elle avait déjà commencé à acheter d'énormes conserves de haricots et de saucisses de Francfort. « Une armée marche sur son estomac », me disait-elle.

On espérait convertir suffisamment de gens pour pouvoir bâtir une nouvelle église à Exeter.

« Je me rappelle quand on a construit l'église évangélique ici », m'a dit ma mère d'un ton nostalgique. « On travaillait tous ensemble, et on a employé uniquement des ouvriers convertis ». Ça avait été une époque glorieuse et difficile ; il avait fallu économiser pour acheter un piano et des livres de cantiques ; et résister aux tentations du Malin qui vous donnait envie de tout abandonner pour partir en vacances.

« Bien sûr, ton père jouait aux cartes à l'époque. »

Ils avaient fini par obtenir un prêt du siège central pour terminer la toiture et acheter une bannière. Le jour où ils avaient hissé la bannière, sur laquelle était brodée en lettres rouges la phrase CHERCHEZ LE SEIGNEUR, avait été un jour de grande fierté. Toutes nos églises avaient des bannières confectionnées par des missionnaires qui ne pouvaient plus exercer. C'était une occupation qui leur permettait d'améliorer leur retraite tout en leur fournissant une satisfaction spirituelle. Pendant la première année, ma mère était allée dans tous les pubs et les clubs exhorter les ivrognes à se joindre à son église. Elle se mettait au piano et chantait *Avez-vous une place pour Jésus* ? C'était très émouvant, disait-elle. Les hommes pleuraient dans leurs chopes et interrompaient leur jeu de billard pendant qu'elle chantait. Elle était ronde et jolie et ils l'appelaient la Belle de Jésus.

« Oh, j'ai eu des propositions », m'a-t-elle confié, « et elles n'étaient pas toutes saintes ». En tout cas, le nombre des fidèles s'accrut, et plus d'un homme s'arrête encore dans la rue lorsque ma mère passe et se découvre pour saluer la Belle de Jésus.

Parfois, je me dis qu'elle s'est mariée à la va-vite.

Après la période éprouvante avec Pierre, elle s'est dit qu'elle ne voulait plus d'émotions. Lorsqu'on feuilletait ensemble l'album photo en regardant des ancêtres aux figures sévères, elle s'arrêtait toujours aux deux pages appelées « Anciennes Flammes » dans l'index. Il y avait Pierre et d'autres hommes, parmi lesquels mon père.

— Pourquoi tu n'as pas épousé celui-là, ou celui-là ? lui ai-je demandé, curieuse de savoir.

— C'étaient tous des hommes turbulents, a-t-elle soupiré. J'ai déjà eu bien assez de mal à en trouver un qui n'était que parieur.

— Pourquoi est-ce qu'il ne parie plus maintenant ? ai-je demandé, en essayant d'imaginer mon paisible père à la place des gens que j'avais vus dans les films.

— Il m'a épousée et il a trouvé le Seigneur.

Puis elle a soupiré et m'a raconté l'histoire de chacune des Anciennes Flammes : Percy le Fou qui conduisait une voiture décapotable et qui lui avait demandé de venir vivre avec lui à Brighton ; Eddy, qui portait des lunettes en écaille et qui élevait des abeilles... Tout en bas de la page, il y avait la photo jaunie d'une jolie femme tenant un chat dans ses bras.

— Et elle, c'est qui ? J'ai désigné la photo du doigt.

— Elle ? Oh, c'est juste la sœur d'Eddy, je ne sais pas pourquoi j'ai mis sa photo là.

Elle a tourné la page. Quand on a regardé l'album la fois suivante, la photo n'y était plus.

Elle avait donc épousé mon père, l'avait réformé, il avait aidé à bâtir l'église et il ne se mettait jamais en colère. Je trouvais qu'il était gentil, même s'il ne disait pas grand-chose. Bien sûr, son père à elle avait été furieux. Il lui avait dit qu'elle avait fait un mariage indigne, qu'elle aurait dû rester à Paris, et il avait rapidement coupé tous les ponts. Si bien qu'elle n'avait jamais eu assez d'argent et, au bout d'un moment, elle avait réussi à oublier qu'elle n'en avait jamais eu. « L'Église est ma famille », me disait-elle chaque fois que je lui posais des questions sur les gens dans l'album photo. Et l'église était ma famille à moi aussi.

A l'école je n'arrivais ni à apprendre ni à gagner quoi que ce soit; je n'arrivais même pas à me débarrasser de mon poste de chef de table quand on tirait au sort. Les chefs de table devaient s'assurer que tout le monde avait bien son assiette et qu'il n'y avait pas de bouts de nourriture dans les brocs. Ils étaient servis en derniers et ils avaient les plus petites parts. Mon nom avait été tiré au sort trois fois de suite et je me faisais gronder en classe parce que je sentais toujours la sauce de viande. Mes vêtements étaient maculés de taches de sauce et ma mère me faisait porter la même blouse toute la semaine parce qu'elle disait que ça ne servait à rien d'essayer de la nettoyer tant que je serais désignée. Et maintenant j'étais assise dans la remise à chaussures avec des taches de foie et d'oignons de haut en bas de ma blouse. Parfois j'essayais de la laver mais aujourd'hui j'étais trop misérable. Après six semaines de vacances avec notre église, je me sentais encore moins prête à faire face. Ma mère avait raison. L'école était un Foyer d'Infection. Et pourtant, j'avais essayé. Au début, j'avais fait de mon mieux pour m'intégrer et être une bonne élève. On nous avait donné un travail à faire juste avant la rentrée en automne, il fallait écrire une rédaction dont le sujet était : « Racontez vos vacances d'été ». Je voulais absolument rendre un bon travail parce que je savais qu'ils pensaient que je ne savais ni lire ni me débrouiller, comme je n'étais pas allée à l'école assez tôt. J'ai écrit ma rédaction lentement, en soignant l'écriture, et j'étais fière parce que certains des enfants ne savaient écrire qu'en capitales. On a lu nos rédactions un par un puis on les a données à la maîtresse. Elles étaient toutes pareilles, des histoires de pêche, de pique-niques, de baignades, de films de Walt

Disney. Trente-deux histoires de jardins et d'élevage de têtards. J'étais tout à la fin de l'alphabet et je rongeais mon frein. Nous avions le type d'institutrice qui voulait que sa classe se sente à l'aise. Elle nous appelait ses petits enfants et m'avait dit tout particulièrement de ne pas m'inquiéter si je trouvais quelque chose difficile.

— Tu t'adapteras vite, m'avait-elle dit d'un ton rassurant.

Je voulais qu'elle soit contente, et tremblante d'impatience, j'ai commencé à lire ma rédaction...

— « Pendant les vacances je suis allée à la Baie de Colwyn avec le camp organisé par notre église. »

La maîtresse a hoché la tête en souriant.

— « Il faisait très chaud et Tante Betty, dont la jambe ne va pas bien de toute façon, a attrapé une insolation et on a cru qu'elle allait mourir. »

La maîtresse a commencé à avoir l'air un peu inquiète, mais la classe a dressé l'oreille.

— « Mais elle s'est remise, grâce à ma mère qui a veillé toute la nuit et a lutté de toutes ses forces. »

— Ta maman est infirmière ? a demandé Maîtresse, avec une calme sympathie.

— Non, elle guérit les malades, simplement.

Maîtresse a froncé les sourcils.

— Bon, eh bien continue alors.

— « Quand tante Betty s'est sentie mieux, on est tous allés à Llandudno en bus pour célébrer sur la plage. J'ai joué du tambourin et Elsie Norris a apporté son accordéon, mais un garçon a jeté du sable dessus et depuis le fa dièse ne marche plus. On va faire une vente de charité en automne pour essayer de payer la réparation. Quand on est revenus de la Baie de Colwyn, les Voisins d'à côté avaient eu encore un autre bébé mais ils sont tellement nombreux à côté qu'on ne sait pas à qui est le bébé. Ma mère leur a donné des pommes de terre de notre cour mais ils ont dit qu'ils n'étaient pas des mendiants et ils nous les ont renvoyées en les jetant par-dessus le mur. »

La classe était devenue très silencieuse. Maîtresse m'a regardée.

— Ce n'est pas terminé ?

— Non, il y en a encore deux pages.

— Elles parlent de quoi ?

— Pas grand-chose, ça raconte comment on a loué les bains-douches pour notre service de baptême après la Croisade pour la Guérison des Malades.

— Très bien, mais je pense que nous n'avons plus le temps pour aujourd'hui. Rangez tous vos rédactions dans vos pupitres ; nous allons faire de la peinture jusqu'à l'heure de la récréation.

La classe a gloussé.

Je me suis rassise lentement ; quelque chose était en train d'arriver, mais je ne savais pas quoi. Lorsque je suis rentrée à la maison, j'ai dit à ma mère que je ne voulais plus retourner à l'école.

— Tu es obligée d'y aller, m'a-t-elle dit. Tiens, prends une orange.

Plusieurs semaines ont passé et j'ai essayé d'avoir l'air aussi ordinaire que possible. Ça avait l'air de marcher, quand la classe de couture a commencé ; c'était tous les mercredis, après les saucisses-purée et la tarte de Manchester. On s'est exercées au point de croix et au point de chaînette, puis on a dû trouver une idée de projet. J'ai décidé de faire une marque pour Elsie Norris. Ma voisine voulait en faire une pour sa mère avec l'inscription POUR MAMAN CHÉRIE et ma voisine d'en face voulait l'offrir comme cadeau d'anniversaire. Quand mon tour est venu, j'ai dit que je voulais un texte.

— Pourquoi pas : LAISSEZ VENIR À MOI LES PETITS ENFANTS ? a proposé Mrs. Virtue.

Je savais que ça ne conviendrait pas à Elsie. Elle aimait les prophètes.

— Non, ai-je répondu fermement, c'est pour mon amie ; elle lit surtout Jérémie. Je pensais à la phrase : L'ÉTÉ EST FINI ET NOUS NE SOMMES PAS ENCORE SAUVÉS.

Mrs. Virtue était diplomate, mais elle avait ses limites. Quand on a établi la liste de toutes les marques, elle a noté celles des autres en entier, mais en face de la mienne elle a écrit : « Texte ».

— Pourquoi vous avez mis ça ? ai-je demandé.

— Tu risques de perturber les autres élèves, a-t-elle dit. Quelle couleur veux-tu, jaune, vert ou rouge ?

On s'est regardées.

— Noir, ai-je dit.

Et j'ai en effet perturbé les autres enfants. Je ne l'ai pas fait exprès, mais ça a été efficace. Un jour, Mrs. Sparrow et Mrs. Spencer sont venues à l'école, toutes gonflées de rage ; elles sont arrivées à l'heure de la récréation, avec leurs sacs à main et leurs chapeaux, tanguant sur le béton, les lèvres pincées. Mrs. Spencer avait mis ses gants.

Quelques-uns des élèves savaient ce qui se passait. Il y en avait un petit groupe qui chuchotait près de la clôture. L'un des enfants m'a désignée du doigt. J'ai essayé de ne pas faire attention et j'ai continué à faire tourner ma toupie avec mon fouet. Le groupe a grossi, une fille qui avait la bouche toute maculée de glace m'a crié quelque chose, je n'ai pas entendu ce qu'elle disait, mais les autres ont tous hurlé de rire. Puis un garçon s'est précipité sur moi et m'a donné une tape sur la nuque, suivi d'un autre et encore un autre qui me tapait puis s'enfuyait en courant.

« Chat, chat ! » criaient-ils quand l'institutrice passait dans les parages.

J'ai d'abord été déconcertée, puis en colère, une colère qui me prenait aux tripes. J'en ai frappé un avec le petit fouet à toupie. Il a glapi.

« Mademoiselle, Mademoiselle, elle m'a fait mal. »

« Mademoiselle, Mademoiselle, elle lui a fait mal, » ont crié les autres en chœur.

Mademoiselle m'a saisie par les cheveux et m'a traînée à l'intérieur.

Dehors, la cloche a sonné, il y a eu du vacarme, des claquements de portes, des bruits de chamailleries, puis le silence. Ce silence particulier aux couloirs.

J'étais dans la salle des professeurs.

Mademoiselle s'est tournée vers moi, l'air las.

— Tends ta main.

J'ai tendu ma main.

Elle a fait un geste vers la règle. J'ai pensé au Seigneur. La porte de la salle s'est ouverte et Mrs. Vole, la directrice, est entrée.

— Ah, je vois que Jeanette est déjà là. Va attendre dans le couloir un moment, s'il te plaît.

J'ai retiré ma paume sacrificielle, l'ai enfoncée dans ma poche et me suis faufilée dehors entre elles deux.

J'ai juste eu le temps de voir s'éloigner les silhouettes de Mrs. Sparrow et de Mrs. Spencer, répandant dans leur sillage comme des petits fruits d'indignation bien mûrs.

Il faisait froid dans le couloir; j'entendais parler à voix basse derrière la porte, mais rien ne se passait. Je me suis attaquée au radiateur avec mon compas, en essayant de donner à un bout de plastique déformé la forme de Paris vu d'avion.

La nuit précédente, on s'était réunis à l'église pour la prière, et Mrs. White avait eu une vision.

— Quel genre de vision ? avons-nous demandé avec curiosité.

— Oh, c'était une vision très sainte, a dit Mrs. White.

Les plans pour la campagne de Noël étaient en bonne voie. L'Armée du Salut nous avait permis de partager avec eux la crèche qu'ils allaient installer devant la mairie, et la rumeur courait que le pasteur Spratt reviendrait peut-être avec quelques Païens convertis. « Nous ne pouvons que prier et espérer », lui avait dit ma mère, qui lui avait écrit aussitôt.

J'avais de nouveau gagné aux devinettes bibliques et, à mon grand soulagement, j'avais été choisie comme narratrice pour le spectacle organisé par le Catéchisme. Je jouais le rôle de Marie depuis trois ans et je n'avais plus rien de neuf à apporter au rôle. De plus, ça impliquait de jouer face à face avec Stanley Farmer.

L'église était claire et chaleureuse et je m'y sentais bien.

L'école n'était que confusion.

J'avais fini par m'accroupir par terre, si bien que lorsque la porte s'est enfin ouverte je n'ai vu que des bas en laine et des mocassins.

— Nous aimerions te parler, a dit Mrs. Vole.

Je me suis relevée tant bien que mal et je suis entrée dans la salle, avec l'impression d'être Daniel.

Mrs. Vole a pris un encrier et m'a regardée attentivement.

— Jeanette, nous pensons que tu as peut-être des problèmes à l'école. Veux-tu nous en parler ?

— Je n'ai pas de problèmes. J'ai remué les pieds, sur la défensive.

— Tu sembles très préoccupée, disons, par Dieu.

J'ai continué à fixer le plancher.

— La phrase que tu as choisie pour ta marque, par exemple, était très inquiétante.

— C'était pour mon amie, et ça lui a plu, ai-je lâché, en me rappelant comme le visage d'Elsie s'était illuminé quand je la lui avais offerte.

— Et qui est ton amie ?

— Elle s'appelle Elsie Norris et elle m'a donné trois souris dans la fournaise ardente.

Mrs. Vole et Mademoiselle se sont regardées.

— Et pourquoi as-tu choisi de décrire des huppes et des damans dans ton cahier d'animaux, et même, je crois, des crevettes ?

— Ma mère m'a appris à lire, ai-je lancé, plutôt en désespoir de cause.

— Oui, tes dons pour la lecture sont tout à fait inhabituels, mais tu n'as pas répondu à ma question.

Comment aurais-je pu y répondre ?

Ma mère m'avait appris à lire dans le Deutéronome parce qu'on y trouve plein d'animaux (généralement impurs). Chaque fois qu'on lisait la phrase « Vous ne mangerez pas les animaux qui ruminent seulement, ou qui ont la corne fendue et le pied fourchu seulement », elle me dessinait tous les animaux qui étaient énumérés ensuite. Pour moi, les chevaux, les lapins et les canards étaient des créatures vagues et fabuleuses, mais je savais tout sur les pélicans, les damans, les paresseux et les chauves-souris. Ce penchant pour l'exotisme m'a attiré beaucoup d'ennuis, tout comme William Blake. Ma mère dessinait des insectes ailés et les oiseaux du ciel, mais je préférais les animaux marins, les mollusques. J'en avais une belle collection ramassée sur la plage à Blackpool. Ma mère avait un crayon bleu pour faire les vagues et de l'encre brune pour le crabe au dos écailleux. Il y avait un stylo rouge pour les homards, mais elle ne dessinait jamais de crevettes parce qu'elle aimait bien les manger en sandwich dans un muffin. Je crois que ça lui avait longtemps posé un cas de conscience. Finalement, après avoir beaucoup prié et consulté un grand homme de Dieu à Shrewsbury, elle s'est ralliée à l'avis de saint Paul et elle a décidé que nous ne devons pas dédaigner ce que Dieu a purifié. Après ça, on est allés tous les samedis au restaurant de fruits de mer, « Chez Molly ». Le Deutéronome avait tout de même des inconvénients ; il abonde en Abominations et en Choses Innommables. Chaque fois qu'on lisait une histoire à propos d'un enfant illégitime ou de quelqu'un qui avait eu les testicules écrasés, ma mère tournait la page et disait : « Laissons cela au Seigneur » ; mais quand elle était partie, je jetais un coup d'œil. J'étais contente de ne pas avoir de testicules. Ça avait l'air de ressembler à des intestins, sauf que c'était à l'extérieur, et les hommes de la Bible se faisaient tout le temps couper les testicules et, après, ils ne pouvaient plus aller à l'église. Horrible.

— Eh bien ! a insisté Mrs. Vole, j'attends.

— Je ne sais pas, ai-je répondu.

— Et pourquoi, et ceci est peut-être plus grave, pourquoi terrorises-tu, je dis bien terrorises, les autres enfants ?

— Je ne les terrorise pas, ai-je protesté.

— Alors, peux-tu m'expliquer pourquoi Mrs. Spencer et Mrs. Sparrow sont venues ici ce matin me dire que leurs enfants font des cauchemars ?

— Moi aussi, je fais des cauchemars.

— Là n'est pas la question. Tu as parlé de l'Enfer à de jeunes esprits.

C'était vrai. Je ne pouvais pas le nier. J'avais raconté à tout le monde les horreurs du démon et le sort des damnés. J'avais illustré mon récit en étranglant presque Susan Hunt, mais c'était un accident et ensuite je lui avais donné toutes mes pastilles pour la toux.

— Je suis désolée, ai-je dit, je croyais que c'était intéressant.

Mrs. Vole et Mademoiselle ont secoué la tête.

— Retourne en classe, a dit Mrs. Vole, je vais écrire à ta mère.

Je me suis sentie très abattue. Pourquoi faisaient-elles toutes ces histoires ? Il valait mieux entendre parler de l'Enfer tout de suite que d'y rôtir plus tard. Je suis passée devant un collage fait par la classe n° 3, et qui représentait un lapin de Pâques, et j'ai pensé au collage de l'Arche de Noé chez Elsie, avec son chimpanzé détachable.

Je savais bien, désormais, où était ma place. Encore dix ans et je pourrais aller à l'école des missionnaires.

Mrs. Vole a tenu parole. Elle a écrit à ma mère en lui expliquant mes penchants religieux et en lui demandant d'essayer de me modérer. Ma mère a poussé un hourra et, en récompense, elle m'a emmenée au cinéma. Ils passaient les *Dix Commandements*. J'ai demandé si Elsie pouvait venir, mais elle a dit non.

A partir de ce jour-là, tout le monde à l'école m'a évitée. Si je n'avais pas été convaincue d'avoir raison, j'aurais pu être très malheureuse. Mais j'ai cessé d'y penser, j'ai fait mes devoirs de mon mieux, ce qui ne donnait pas vraiment de bons résultats, et j'ai réfléchi à notre église. Une fois, j'ai raconté à ma mère comment c'était à l'école.

— Notre destin est d'être à part, a-t-elle dit.

Ma mère n'avait pas beaucoup d'amis non plus. Les gens ne comprenaient pas sa façon de penser ; moi non plus d'ailleurs, mais je l'aimais parce qu'elle savait toujours pourquoi les choses arrivaient.

Quand la distribution des prix est arrivée, j'ai ramené ma marque de chez Elsie Norris et je l'ai fait inscrire pour le prix de couture. Je suis toujours persuadée que c'était un chef-d'œuvre en son genre ; les lettres étaient tout en noir, et la bordure en blanc, et dans le coin inférieur on voyait une sorte de représentation artistique des damnés terrifiés. Elsie avait encadré ma marque, si bien qu'elle avait l'air d'un vrai travail professionnel.

Mrs. Virtue se tenait à son bureau et relevait les travaux...

— Irene, oui.

— Vera, oui.

— Shelley, oui. (Shelley était inscrite chez les Jeannettes).

— Voici mon travail, Mrs. Virtue ai-je dit, en le posant sur le bureau.

« Oui », a-t-elle dit, mais elle voulait dire « non ».

— Je vais t'inscrire, si c'est ce que tu veux, mais franchement je ne crois pas que le jury s'attende à ce type de travail.

— Comment ça ? ai-je demandé, ma marque a tout ce qu'il faut, elle donne une impression d'aventure, de pathétique, de mystère...

Elle m'a interrompue.

— Ce que je veux dire, c'est que ton utilisation des coloris est limitée, tu n'exploites pas toutes les possibilités du fil ; prends la Scène de Village qu'a faite Shelley, par exemple, regarde la diversité, les coloris.

— Elle a utilisé quatre couleurs et j'en ai utilisé trois.

Mrs. Virtue a froncé les sourcils.

— De plus, personne d'autre que moi n'a choisi le noir.

Mrs. Virtue s'est assise.

— Et j'ai utilisé un bas-relief mythique, ai-je insisté, en désignant du doigt les damnés terrifiés.

Mrs. Virtue s'est pris la tête dans les mains.

— De quoi parles-tu ? Si tu veux dire cette espèce de vilaine tache dans le coin...

J'étais furieuse ; heureusement, je venais d'apprendre comment Sir Joshua Reynolds avait insulté Turner.

— Ce n'est pas parce que vous ne pouvez pas dire ce que c'est que ça ne l'est pas.

J'ai pris la Scène de Village de Shelley.

— Ça, par exemple, ça ne ressemble pas à un mouton, c'est tout blanc et cotonneux.

— Retourne à ta place, Jeanette.

— Mais...

— RETOURNE À TA PLACE !

Que pouvais-je faire ? Mon professeur de couture souffrait d'un problème de vision. Elle reconnaissait les choses selon un certain nombre de règles préétablies et selon le contexte. La règle était que, si l'on se trouvait dans un certain endroit, on devait y voir certaines choses : par exemple, des moutons et des collines, la mer et des poissons. S'il y avait eu un éléphant dans le supermarché, ou bien elle ne l'aurait pas vu du tout, ou bien elle l'aurait appelé Mrs. Jones et elle aurait discuté avec lui des croquettes de poisson. Plus probablement, il lui serait arrivé ce qui arrive à la plupart des gens lorsqu'ils sont confrontés à quelque chose qu'ils ne comprennent pas :

Elle aurait paniqué.

Ce qui pose problème n'est pas l'objet lui-même ou le contexte dans lequel il se trouve, mais la conjonction des deux; soit quelque chose d'inattendu dans un endroit familier soit quelque chose de familier dans un endroit inattendu. Je savais que ma marque avait parfaitement sa place dans le salon d'Elsie Norris, mais qu'elle était totalement déplacée dans la classe de couture de Mrs. Virtue. Mrs. Virtue aurait dû avoir assez d'imagination pour me féliciter de mon effort en le replaçant dans son contexte, ou bien assez de perspicacité pour se rendre compte qu'il existe un débat sur la valeur absolue et la valeur relative des choses; dans ces conditions, elle aurait dû m'accorder le bénéfice du doute.

En fin de compte, tout cela l'a contrariée et elle m'a rendue responsable de son mal de tête. Exactement comme Sir Joshua Reynolds qui se plaignait que Turner lui donnait toujours mal à la tête.

Malgré tout, je n'ai gagné aucun prix avec ma marque et j'ai été très déçue. Je l'ai ramenée chez Elsie le dernier jour de classe et je lui ai demandé si elle en voulait toujours.

Elle me l'a arrachée des mains et l'a fixée au mur d'un geste ferme.

— Elle est à l'envers, Elsie, ai-je fait remarquer.

Elle a cherché ses lunettes à tâtons et a regardé ma marque.

— C'est vrai, mais pour le Seigneur c'est la même

chose. Je vais quand même la remettre à l'endroit pour les gens qui ne savent pas.

Et elle a soigneusement remis la marque en place.

— Je croyais qu'elle ne te plairait peut-être plus.

— Petite païenne, le Seigneur lui-même a été méprisé, ne t'attends pas à ce que les indécrottés apprécient ce que tu fais. (Elsie appelait toujours les gens non convertis les indécrottés.)

— Ça serait quand même bien si c'était possible quelquefois, ai-je hasardé, montrant par là un penchant pour le relativisme.

Elsie s'est mise très en colère. Elle était absolutiste et n'avait que faire des gens pour lesquels les vaches n'existent pas tant qu'on ne les a pas regardées. Lorsqu'une chose avait été créée, elle était réelle pour toujours. Sa valeur ne variait pas.

La perception, disait-elle, est une affaire de dupes ; saint Paul n'avait-il pas dit que ce que nous voyons est semblable à une image obscure, reflétée par un miroir, et Wordsworth, que nous ne faisons qu'entr'apercevoir les choses ?

« Cette part de gâteau » — elle l'agitait entre chaque bouchée —, « ce gâteau n'a pas besoin que je le mange pour être mangeable. Il existe sans moi. »

C'était un mauvais exemple, mais je comprenais ce qu'elle voulait dire. Elle voulait dire que créer est un acte fondamental, et apprécier, un acte secondaire. Une fois créée, la créature était distincte de son créateur et n'avait pas besoin d'aide pour exister pleinement.

« Prends du gâteau », m'a-t-elle dit gaiement, mais je n'en ai pas pris parce que, même si Elsie avait tort d'un point de vue philosophique, son affirmation selon laquelle le gâteau existait sans nous était certainement vraie. Il y avait probablement toute une ville là-dedans, avec ses propres valeurs et ses commérages.

Chaque année, je me suis évertuée à remporter un prix ; il y a des gens qui veulent améliorer le monde tout en continuant à le mépriser. Mais je n'ai jamais réussi ; il y a une formule magique, un secret, un je-ne-sais-quoi que semblent connaître les gens qui sont allés à l'école privée ou chez les scouts.

Ce je-ne-sais-quoi vous accompagne toute la vie ; en commençant avec la culture des jacinthes, puis en passant par le rôle de responsable de la distribution du lait à l'école, pour se terminer quelque part avec une place de semi-champion de sport à Oxford ou Cambridge.

Mes jacinthes étaient roses. Il y en avait deux. J'avais baptisé l'ensemble « L'Annonciation » (il fallait avoir un thème). C'était parce que les fleurs étaient serrées l'une contre l'autre et me faisaient penser à Marie et Elisabeth, peu après la visite de l'ange. Je trouvais que c'était un subtil mélange d'horticulture et de théologie. J'avais mis une petite explication au pied du pot, avec le vers approprié pour que les gens puissent se renseigner s'ils voulaient, mais mes jacinthes n'ont pas eu le prix. Il a été remporté par deux jacinthes blanches pendouillantes baptisées « Les Petites Sœurs de Neige ». J'ai ramené « L'Annonciation » à la maison et je l'ai donnée à manger à notre lapin. Je me suis sentie un peu mal à l'aise par la suite en me disant que c'était peut-être une hérésie, et le lapin est tombé malade. Plus tard, j'ai essayé de gagner le concours des œufs de Pâques peints. J'avais eu tellement peu de succès avec mes sujets bibliques que je me suis dit que ce serait une bonne idée d'essayer quelque chose de nouveau. Je ne pouvais rien faire dans le style préraphaélite, toutefois, parce que Janey Morris était mince et qu'elle ne pouvait pas être représentée par un œuf.

Coleridge et l'Homme de Porlock ?

Coleridge était gros, mais j'avais dans l'idée que la scène manquerait d'intensité dramatique.

– C'est facile, a dit Elsie. Faisons du Wagner.

On a découpé une boîte en carton pour faire la scène ; Elsie peignait le décor et je faisais les rochers avec des demi-coquilles d'œufs. On a travaillé toute la nuit sur les *dramatis personae*, à cause des finitions. On avait choisi la scène la plus passionnante : « Brunhilde affrontant son père. » Je faisais Brunhilde et Elsie, Wotan. Brunhilde avait un heaume confectionné avec un dé à coudre et de petites plumes prises dans l'oreiller d'Elsie.

— Il lui faut une lance, a dit Elsie, je vais te donner une pique de cocktail, mais ne dis à personne à quoi je l'utilise.

Pour la touche finale, j'ai coupé un peu de mes cheveux pour en coiffer Brunhilde.

Wotan était un chef-d'œuvre, un œuf brun à deux jaunes avec un biscuit apéritif en guise de bouclier et un bandeau de borgne. Avec une boîte d'allumettes, on lui a fabriqué un chariot qui était juste un peu trop petit.

— Ça met en valeur la tension dramatique de la scène, a dit Elsie.

Le lendemain, j'ai emporté mon travail à l'école et je l'ai installé à côté des autres ; il n'y avait pas de comparaison possible. On peut imaginer mon horreur quand j'ai su que je n'avais pas gagné. Je n'étais pas une enfant égoïste et, capable de comprendre le génie, je me serais volontiers inclinée devant le talent d'autrui, mais pas devant trois œufs emmitouflés dans du coton et baptisés « Les petits lapins de Pâques ».

— Ce n'est pas juste, ai-je dit à Elsie le soir même, lors de la réunion des Sœurs.

— Tu t'y feras.

— Et puis de toute façon, a glissé Mrs. White, qui était au courant de l'histoire, ils ne sont pas saints.

Je n'ai pas baissé les bras ; j'ai fait *Un tramway nommé désir* avec des cure-pipes, une housse de coussin brodée avec un portrait de Bette Davis dans *Now Voyager*, un origami représentant Guillaume Tell, avec une vraie pomme, et, chef-d'œuvre suprême, une sculpture en pomme de terre montrant Henry Ford devant le building de Chrysler à New York. C'était sans conteste une liste impressionnante, mais j'étais aussi optimiste et aussi stupide que le roi Canute essayant de repousser les vagues. Tous mes travaux ne donnaient absolument aucun résultat, sauf qu'ils mettaient ma mère en colère parce que j'avais abandonné les thèmes bibliques. Elle avait bien aimé le coussin *Now Voyager* parce que mon père l'avait courtisée pendant ce film, mais elle pensait que j'aurais dû faire un origami de la tour de Babel. Je lui avais dit que ce serait trop compliqué.

« Le Seigneur a bien marché sur l'eau », s'est-elle contentée de me dire quand j'ai essayé de lui expliquer. Mais elle avait ses propres soucis. De nombreux missionnaires avaient été mangés, et il fallait qu'elle avertisse leurs familles.

« Ce n'est pas facile », m'a-t-elle dit, « même si c'est pour le Seigneur. »

Lorsque les enfants d'Israël quittèrent l'Egypte, ils furent guidés le jour par la colonne de nuages, et la nuit par la colonne de feu. Pour eux, ça ne semblait pas être un problème. Pour moi, c'en était un, et de taille. La colonne de nuages était un brouillard, déconcertant et impossible. Je ne comprenais pas les règles fondamentales. Le monde quotidien était un monde d'Idées Etranges, sans forme, et donc vide. Je me réconfortais de mon mieux en remodelant leur version des faits.

Un jour, j'ai appris que le Tétraèdre est une figure mathématique que l'on peut représenter en tendant un élastique sur des clous.

Mais Tétraèdre est un Empereur...

L'empereur Tétraèdre vivait dans un palais entièrement fait d'élastiques. A droite, des fontaines habilement conçues lançaient des jets élastiques subtils comme de la soie; à gauche, dix ménestrels jouaient jour et nuit de leurs luths élastiques.

L'empereur était aimé de tous.

La nuit, lorsque dormaient les chiens maigres, et que tous, sauf les plus vigilants, s'assoupissaient, bercés par la musique, l'immense palais était clos et barricadé contre les attaques du vil Isocèle, ennemi juré du gracieux Tétraèdre.

Mais le jour, les gardes ouvraient les grandes portes, inondant la plaine de lumière, afin que des présents puissent être apportés à l'empereur.

Nombreux étaient ceux qui apportaient des présents; des étoffes si fines qu'un changement de température les faisaient se dissoudre; des étoffes si solides que l'on pouvait en faire des cités entières.

Et des contes d'amour et de folie.

Un jour, une femme très belle apporta à l'empereur un cirque tournant où ne jouaient que des nains.

Les nains jouaient toutes les tragédies et un grand nombre de comédies. Ils les jouaient toutes en même temps, et il était heureux que Tétraèdre eût tant de visages, car il aurait pu mourir de fatigue.

Ils les jouaient toutes en même temps, et l'empereur, marchant autour de son théâtre, pouvait les regarder toutes en même temps, s'il le désirait.

Il marcha et marcha autour du théâtre, et il apprit ainsi une chose très précieuse :

qu'aucune émotion n'est l'émotion ultime.

LÉVITIQUE

Les Païens étaient un souci quotidien chez nous. Ma mère en découvrait partout, surtout chez les Voisins d'à côté. Ils la tourmentaient comme seuls peuvent le faire les impies, mais elle avait ses remèdes bien à elle.

Ils détestaient les cantiques et elle aimait jouer du piano, un vieux piano droit avec des candélabres tout piquetés et des touches jaunies. On avait chacun un exemplaire des *Cantiques du Salut* (édition cartonnée et entoilée à 3 shillings). Ma mère chantait et je faisais les accords. Le premier cantique que j'ai appris était une magnifique composition victorienne intitulée *Demande au Sauveur de t'aider*.

Un dimanche matin, juste quand on revenait de la communion, on a entendu des sons étranges, comme des appels au secours, qui provenaient de chez les Voisins d'à côté. Je n'y ai pas fait attention, mais ma mère s'est figée derrière le combiné radio-pick-up et elle a commencé à changer de couleur. Mrs. White, qui était venue avec nous à la maison pour écouter *L'Office du Monde*, a immédiatement collé son oreille contre le mur.

— Qu'est-ce que c'est ? ai-je demandé.

— Je ne sais pas, a-t-elle chuchoté, mais en tout cas ce n'est pas saint.

Ma mère ne bougeait toujours pas.

— Vous avez un verre à vin ? a quémandé Mrs. White.

Ma mère a pris un air horrifié.

— Pour raisons médicales, bien entendu, a ajouté hâtivement Mrs. White.

Ma mère est allée dans le réduit et elle a descendu une boîte placée sur l'étagère du haut. C'était sa Réserve de Guerre et chaque semaine elle achetait une nouvelle boîte de conserves qu'elle y stockait, en prévision de l'Holocauste. Il y avait surtout des cerises noires au sirop et des sardines à l'huile en promotion.

— Je ne les utilise jamais, a-t-elle dit d'un ton significatif.

— Moi non plus, a dit Mrs. White, sur la défensive, en se recollant contre le mur. Tandis que ma mère recouvrait la télévision, Mrs. White a parcouru le mur sur toute sa longueur en faisant glisser le verre sur la plinthe.

— On vient juste de repeindre ce mur, a fait remarquer ma mère.

— Ça s'est arrêté de toute façon, a haleté Mrs. White.

Juste à ce moment, une autre série de gémissements s'est fait entendre chez les Voisins d'à côté.

Cette fois, c'était très clair.

— Ils sont en train de forniquer, s'est écriée ma mère, en se précipitant sur moi pour me boucher les oreilles.

— Laisse-moi tranquille, ai-je crié.

La chienne s'est mise à aboyer et mon père, qui avait travaillé dans l'équipe de nuit la veille, est descendu juste vêtu de son bas de pyjama.

— Va t'habiller, a crié ma mère, ils sont encore en train de remettre ça, à côté.

J'ai mordu la main de ma mère.

— Lâche mes oreilles, j'entends moi aussi.

— Et un dimanche, en plus ! s'est exclamée Mrs. White.

Dehors, tout d'un coup, la camionnette du glacier a klaxonné.

— Va acheter deux cornets et une gaufrette pour Mrs. White, m'a ordonné ma mère, me fourrant 10 shillings dans la main.

Je suis sortie en courant. Je ne savais pas très bien ce que forniquer voulait dire, mais j'en avais entendu parler dans le Deutéronome et je savais que c'était un péché. Mais pourquoi était-ce si bruyant ? Les gens commettaient la plupart des péchés en silence, de façon à ne pas se faire prendre. J'ai acheté les glaces et décidé de prendre mon temps. Quand je suis revenue, ma mère avait ouvert le piano et elle feuilletait les *Cantiques du Salut* avec Mrs. White.

J'ai distribué les glaces.

— Ça s'est arrêté, ai-je dit joyeusement.

— Pour le moment, a dit ma mère d'un ton dur.

Dès que les glaces ont été finies, ma mère s'est essuyé les mains sur son tablier.

— On va chanter *Demande au Sauveur de t'aider*. Mrs. White, vous ferez le baryton.

Je trouvais que les premiers vers étaient très beaux :

« *Ne cède point à la tentation, car c'est péché*
Chaque Victoire t'apportera un autre combat à remporter
Lutte bravement, jette à bas les Sombres Passions,
Cherche toujours Jésus, il t'accompagnera tout au long. »

Le cantique avait un chœur exaltant qui a si bien inspiré ma mère qu'elle a complètement abandonné la partition des *Cantiques du Salut* et plaqué des accords retentissants de son propre cru sur toute la longueur du clavier. Aucune note n'a été épargnée. Lorsque nous sommes arrivées au troisième vers, les Voisins d'à côté avaient commencé à marteler le mur.

— Ecoutez les païens, s'est écriée ma mère d'un ton triomphant, en appuyant furieusement sur la pédale forte.

— Chantez-le encore une fois.

On s'est exécutées, tandis que les païens, rendus fous par le Verbe, se précipitaient à la recherche de tous les instruments contondants qu'ils pouvaient trouver pour frapper sur le mur.

Plusieurs d'entre eux se sont rués dans l'arrière-cour et ont hurlé par-dessus le mur : « Arrêtez ce boucan ! »

— Et un dimanche, en plus ! a fait Mrs. White, atterrée, d'un ton désapprobateur.

Ma mère s'est levée d'un bond et s'est précipitée dans notre arrière-cour pour citer l'Écriture. Elle s'est retrouvée face à face avec le fils aîné qui avait plein de boutons d'acné.

« Dieu me vienne en aide », a-t-elle prié, et un passage du Deutéronome lui a surgi à l'esprit :

« *Dieu te frappera de l'ulcère d'Egypte, d'hémorroïdes, de gale et de teigne, dont tu ne pourras guérir.* » (Edition autorisée revue et corrigée.)

Puis elle est rentrée à toute allure dans la maison en claquant la porte derrière elle.

— Eh bien, a-t-elle dit avec un sourire, qui veut manger un morceau ?

Ma mère se définissait comme une missionnaire du front intérieur. Elle disait que le Seigneur ne l'avait pas appelée à accomplir sa tâche dans les pays chauds, comme le pasteur Spratt et sa Croisade pour la Gloire, mais dans les rues et les chemins du Lancashire.

« J'ai toujours été guidée par le Seigneur, me disait elle. Regarde mon travail à Wigan. »

Il y a très longtemps, peu après sa conversion, ma mère avait reçu une enveloppe bizarre, qui portait le cachet de Wigan. Elle s'était montrée méfiante, car elle savait que le Diable tente ceux qui viennent d'être sauvés. La seule personne qu'elle connaissait à Wigan était une ancienne flamme qui avait menacé de se suicider parce qu'elle allait épouser quelqu'un d'autre.

« C'est ton problème », lui avait-elle dit, et elle avait refusé de correspondre avec lui.

Finalement, la curiosité l'avait emporté et elle avait ouvert l'enveloppe. Ce n'était pas du tout une lettre de Pierre, mais celle d'un certain révérend Eli Bone, de la Société pour les Ames Perdues.

Elle était écrite sur un papier armorié représentant des âmes réunies autour d'un rocher, avec, en dessous, un petit texte disposé en demi-cercle qui disait : « Que Dieu soit notre roc. »

Ma mère l'avait lue...

Le pasteur Spratt, lorsqu'il était parti de Wigan pour se rendre en Afrique, avait recommandé au passage ma mère à la Société. Ils cherchaient une nouvelle trésorière. La dernière en date, Mrs. Maude Butler (née Richards) venait de se marier et partait s'installer à Morecambe. Elle voulait ouvrir une maison d'hôtes pour les gens qui venaient de subir un deuil, avec des tarifs spéciaux pour tous ceux qui travaillaient pour la Société. « Une offre très intéressante en elle-même », remarquait le Révérend.

Ma mère avait été très flattée et elle avait décidé d'accepter l'invitation du révérend, qui lui proposait de venir quelques jours à Wigan afin de faire connaissance avec la Société. Comme mon père était au travail à ce moment-là, elle lui avait laissé l'adresse et un message disant : « Je suis occupée avec le Seigneur à Wigan. »

Elle était restée absente trois semaines, et par la suite elle s'était rendue régulièrement chez le révérend Bone pour contrôler la comptabilité et organiser les campagnes de recrutement des nouveaux membres. Elle était douée pour les affaires et, sous sa direction, le nombre des adhérents avait presque doublé.

Chaque formulaire d'inscription était accompagné d'offres alléchantes : des réductions sur les livres de cantiques et autres accessoires religieux, une circulaire avec laquelle on recevait à chaque fois un cadeau, un disque gratuit à Noël et, bien sûr, les tarifs préférentiels de la maison d'hôtes de Morecambe.

Ma mère inventait régulièrement un cadeau intéressant réservé aux seuls membres de la Société. Une année, ça avait été un exemplaire des Révélations pliable et lavable, afin de permettre aux âmes bénies de pouvoir reconnaître avec certitude les signes et les présages qui devaient accompagner le Second Avènement. Une autre année, ça avait été une tirelire de Sauvage pour les dons aux missionnaires. Celui que je préférais était un thermomètre d'extérieur avec une petite échelle à coulisseau. Sur l'un des côtés de ce robuste instrument en bakélite, il y avait une échelle de température normale, et de l'autre, une échelle avec un coulisseau indiquant le total des conversions qui pouvaient être effectuées en un an, si chaque personne, en commençant par soi-même, amenait deux âmes au Seigneur. Selon cette échelle, le monde entier aurait pu être converti en dix ans à peine. C'était un grand encouragement pour les timides et ma mère avait reçu de nombreuses lettres de remerciements.

La Société se réunissait un week-end par an à la maison d'hôtes de Morecambe, juste avant la pleine saison — c'est-à-dire aux alentours de Pâques, après les maladies contractées pendant la rudesse hivernale. Bien sûr, il y avait parfois une pointe inattendue en janvier, mais il est étonnant de voir comme les gens s'accrochent dès qu'ils savent que la fin est certaine. Ma mère, qui s'est toujours intéressée à la Fin, aussi bien personnelle que collective, avait une amie qui confectionnait la plupart des couronnes mortuaires pour la région côtière de Fylde.

« Ça va bientôt être la saison pour nous », disait-elle

chaque hiver, et chaque hiver elle s'achetait un nouveau manteau.

« C'est le seul moment où je peux m'en offrir un », disait-elle. « Les gens vivent beaucoup plus longtemps maintenant, et ils ne veulent plus faire de manières à la fin. » Elle secouait la tête. « Non, les affaires ne sont plus ce qu'elles étaient. »

Elle venait parfois chez nous et elle apportait ses fils de fer et ses éponges, et ses catalogues.

« C'est bizarre, mais les gens veulent tous la même chose, ils ne veulent jamais rien de trop osé, sauf une fois où j'ai fait une couronne en forme de violon avec des œillets, pour le mari d'une musicienne. »

Ma mère a hoché la tête en signe de sympathie.

La femme a siroté son thé.

« La reine Victoria, par contre, ça c'était des obsèques. »

Elle a choisi un biscuit au chocolat qui se trouvait tout en dessous de la pile.

« Bien sûr, j'étais très jeune à l'époque, mais ma mère s'est usé les doigts à faire des couronnes. Et c'était autre chose à cette époque-là. Des cœurs et des fleurs, des couronnes, des armoiries familiales, tenez, regardez, je les ai encore dans mon catalogue. » Elle nous a montré les pages jaunies. « Mais plus personne n'en veut. »

Elle a pris un autre biscuit.

« Des croix », a-t-elle dit amèrement, « des croix et encore des croix, c'est tout ce que je fais. Avec toutes mes qualifications, c'est une pitié ».

— Vous ne pourriez pas faire aussi des mariages ? ai-je demandé.

— Des mariages, a-t-elle dit sèchement, qu'est-ce que ça m'apporterait, des mariages ?

— Ça vous changerait un peu, ai-je suggéré.

— Et tu sais ce qu'ils veulent, pour les mariages ? m'a-t-elle dit d'un ton de défi.

Je n'en savais rien, je n'avais jamais été à un mariage. Elle m'a toisée d'un œil étincelant.

— Ils veulent des croix, a-t-elle dit, en remplissant sa chope.

Pendant le week-end, on est tous allés à Morecambe pour la fête organisée par la Société ; la dame était là elle aussi.

— J'ai un forfait, nous a-t-elle dit.

Apparemment il y avait eu une épidémie dans une école du voisinage. De nombreux élèves avaient succombé et leurs parents voulaient naturellement des couronnes.

— L'école veut leur rendre hommage et elle a commandé deux couronnes à ses couleurs, en forme de raquettes de tennis. Je vais utiliser des mimosas et des roses ; c'est très difficile, mais c'est motivant.

— En tout cas, ce ne sera pas de l'argent perdu, n'est-ce pas ? a dit ma mère.

— Ça me paiera ma salle de bains. Avec toutes mes qualifications, c'est une honte de ne pas avoir de salle de bains.

Je lui ai demandé si je pouvais l'aider et elle a dit oui, et on est allées ensemble à la serre.

— Mets ça. Elle m'a donné une paire de gants sans doigts. Tu n'as qu'à trier ces roses.

Ses mains étaient rouges et saupoudrées de pollen de mimosa.

— A ton avis, qu'est-ce que ta mère aimerait comme couronne ? m'a-t-elle demandé, histoire de faire la conversation.

— Oh, quelque chose de très solennel, je crois. Je pense qu'elle aimerait une couronne en forme de Bible, ouverte aux Révélations.

— Bon, on verra bien, a dit la dame.

On s'entendait très bien, la dame et moi. Plusieurs années après, quand je cherchais un travail pour le samedi, elle m'a engagée. Elle s'était associée avec un entrepreneur de pompes funèbres, si bien qu'il pouvaient proposer les prestations complètes à des prix préférentiels.

« Il y a une concurrence impitoyable dans ce métier », me disait-elle.

A eux deux, ils avaient énormément de travail et ils avaient souvent besoin d'un assistant. Je suis donc allée aider à faire la toilette des morts et à les maquiller. Au début j'étais très maladroite. J'utilisais trop de rouge à joues et j'en barbouillais jusque sur les pommettes.

« Il faut avoir du respect », me disait la dame, « les morts ont leur fierté. » On avait toujours une liste d'instructions pour chaque enterrement et j'ai très vite été chargée de m'en occuper. Je vérifiais que les morts avaient tout ce qu'ils souhaitaient. Certains voulaient juste être enterrés avec un recueil de prières ou leur Bible, ou leur alliance, mais d'autres avaient des goûts carrément égyptiens. On les enterrait avec leurs albums photo, leurs plus belles robes, leurs romans préférés; une fois quelqu'un s'est même fait enterrer avec son propre roman. C'était l'histoire d'une semaine passée dans une cabine téléphonique avec des pyjamas baptisés Adolf Hitler. L'héroïne était un bout de ficelle dans laquelle on avait fait un nœud.

« Il y a des gens, vraiment », a dit la dame après l'avoir lu.

On a quand même mis le roman dans le cercueil. Ça m'a fait penser à Rossetti qui avait jeté ses nouveaux poèmes dans la tombe de sa femme et qui, six ans plus tard, avait dû demander au ministre de l'Intérieur la permission de les en retirer. Mon travail me plaisait. J'ai appris un tas de choses sur les bois et les fleurs, et j'aimais bien polir les poignées des cercueils, en guise de touche finale.

« Il faut toujours faire au mieux », disait la dame.

Une année, la Société a tenu une conférence spéciale dans notre ville. Ma mère a fait campagne des semaines durant, pour être sûre d'attirer beaucoup de monde. May et Alice sont allées déposer des invitations dans les boîtes aux lettres et Miss Jewsbury a été engagée pour jouer du hautbois. C'était une réunion ouverte à tous, qui devait servir à informer et encourager les nouveaux membres. Le seul endroit que nous avons pu trouver pour organiser la réunion était Rechabite Hall, à l'angle de Infant Street.

— Vous croyez que c'est convenable ? a demandé May anxieusement.

— On n'y regardera pas de trop près, a répondu ma mère.

— Mais est-ce qu'ils sont saints ? a insisté Mrs. White.

— C'est au Seigneur de décider, a dit ma mère, très ferme. Mrs. White a rougi et, par la suite, on s'est aperçu qu'elle avait rayé son nom de la liste des gens qui s'étaient portés volontaires pour faire des buns.

La conférence devait avoir lieu le samedi, et il y avait un marché tous les samedis près de Infant Street ; ma mère m'a donc donné une caisse à oranges et m'a dit d'aller informer les gens. Ça n'a pas été très amusant. La plupart des marchands me disaient que j'étais dans leur chemin et que je les gênais, qu'ils avaient payé leur emplacement, et pas moi, et ainsi de suite. Ça m'était égal de me faire insulter, j'y étais habituée et je ne le prenais jamais personnellement, mais il pleuvait et je voulais faire du bon travail. Finalement, Mrs. Arkwright, de la boutique du Quartier aux Usines, a eu pitié de moi. Elle avait un emplacement le week-end et elle vendait surtout de la nourriture pour animaux, mais elle pouvait donner des conseils sur les insectes nuisibles en cas d'urgence.

« J'aime bien un peu de changement de temps en temps », m'a-t-elle dit.

Elle m'a permis d'installer ma caisse à oranges à l'abri de son emplacement, si bien que je pouvais distribuer mes prospectus sans être trop trempée.

« Ta mère est cinglée, t'sais », me disait-elle sans arrêt.

Elle avait peut-être raison, mais je ne pouvais rien y faire.

Je me suis sentie soulagée lorsque deux heures ont sonné et que j'ai pu rentrer à l'abri avec les autres.

— Combien de prospectus as-tu distribués ? a dit ma mère, qui guettait près de la porte.

— Tous.

Elle s'est radoucie.

— Tu es une bonne fille.

Quelqu'un a commencé à jouer du piano juste à ce moment-là et je me suis hâtée d'entrer. Il faisait très sombre et il y avait plein de portraits des apôtres. Le sujet du sermon était la perfection, et c'est ce jour-là que j'ai conçu mon premier désaccord théologique.

La perfection, disait l'homme, était une chose à laquelle nous devions aspirer. C'était la condition de la Divinité, la condition de l'homme avant la Chute. Nous ne pouvions réellement l'atteindre que dans l'autre monde, mais nous en avions un pressentiment exaspérant, impossible, qui était à la fois une bénédiction et une malédiction.

« La perfection, a-t-il déclaré, est l'absence de tout défaut. »

Il était une fois, dans la forêt, une femme si belle que sa simple apparition suffisait à guérir les malades et était considérée comme un signe de bon augure pour les récoltes.

Elle était aussi très sage, car elle connaissait les lois de la physique et la nature de l'univers. Son grand plaisir était de filer la laine et de chanter tout en faisant tourner son rouet. Pendant ce temps, dans une partie de la forêt qui était devenue une ville, un grand prince errait tristement dans les couloirs de son palais. Beaucoup le considéraient comme un bon prince et un chef de valeur. Il était aussi plutôt beau, même s'il était parfois un peu irascible.

Tout en marchant, il parlait à sa fidèle compagne, une vieille oie.

— Si seulement je pouvais trouver une femme, soupira-t-il. Comment puis-je gouverner ce royaume sans une femme à mes côtés ?

— Vous pourriez peut-être déléguer votre pouvoir ? suggéra l'oie, qui le suivait du mieux qu'elle pouvait en se dandinant.

— Ne sois pas stupide, fit sèchement le prince, je suis un vrai prince.

L'oie rougit.

— L'ennui, poursuivit le prince, c'est qu'il y a beaucoup de jeunes filles, mais aucune ne possède ce trait particulier que je recherche.

— De quoi s'agit-il ? haleta l'oie.

Le prince regarda dans le vide pendant un moment, puis se jeta sur le gazon.

— Vous avez craqué vos chausses, Sire, chuchota sa compagne, embarrassée.

Mais le prince ne lui prêta pas attention.

— Ce trait bien particulier, c'est que... (Il roula sur le côté et s'appuya sur un coude, tout en faisant signe à l'oie de faire de même.) Je veux une femme sans imperfection ni intérieure, ni extérieure, en tous points sans défauts. Je veux une femme qui soit parfaite.

Et il se cacha le visage dans l'herbe et se mit à pleurer.

L'oie fut très émue par cette scène et s'éloigna lourdement afin de trouver des conseillers.

Après de longues recherches, elle en aperçut un petit groupe qui jouait au bridge sous les chênes royaux.

— Le prince veut une femme.

Ils levèrent la tête comme un seul homme.

— Le prince veut une femme, répéta-t-elle, sans imperfection ni intérieure ni extérieure, en tous points sans défauts. Elle doit être parfaite.

Le plus jeune des conseillers saisit son clairon et sonna l'appel.

— On recherche une femme, cria-t-il. Une femme parfaite.

Trois années durant, les conseillers parcoururent le pays, mais en vain. Ils trouvèrent bien des femmes belles et vertueuses, mais le prince les rejeta toutes.

— Prince, vous êtes un sot, lui dit un jour l'oie. Ce que vous désirez n'existe pas.

— Cela existe forcément, insista le prince, puisque je le désire.

— Vous serez mort avant d'avoir trouvé, dit l'oie en haussant les épaules et en se tournant vers sa mangeoire.

— Mais pas avant toi, fit sèchement le prince, et il lui trancha la tête.

Trois autres années s'écoulèrent, et le prince se mit à écrire un livre afin de tuer le temps. Il était intitulé *Le mystère sacré de la perfection*. Il le divisa en trois parties.

Première partie : la philosophie de la perfection. La quête du Graal, la vie sans tache, l'aspiration ultime sur le mont Carmel, sainte Thérèse et la Forteresse Intérieure.

Deuxième partie : l'impossibilité de la perfection. La quête incessante dans cette vie, la douleur, la majorité des hommes qui opte pour un pis-aller et la corruption qu'ils répandent ainsi. L'importance d'être sérieux.

Troisième partie : la nécessité de créer un monde peuplé d'êtres parfaits. La possibilité, par là même, d'un paradis terrestre. Une race parfaite. Une exhortation à la persévérance.

Le prince était très satisfait de son livre, et il en fit distribuer un exemplaire à chacun de ses conseillers afin qu'ils ne gaspillent pas son temps avec de simples pis-aller.

L'un des conseillers se retira avec le livre dans une région lointaine de la forêt, où il pourrait le lire en paix. Il n'était pas érudit et le prince avait un style très dense.

Alors qu'il était étendu sous un arbre, il entendit chanter quelque part sur sa gauche. Comme il était curieux, et mélomane de surcroît, il se leva pour voir qui chantait ainsi. Dans une clairière, il aperçut une femme qui filait la laine et s'accompagnait en chantant.

Le conseiller se dit que c'était la plus belle créature qu'il avait jamais vue. « Et elle sait coudre, en plus », pensa-t-il.

Il s'approcha d'elle et s'inclina.

— Belle dame..., commença-t-il à dire.

— Si vous avez envie de bavarder, lui dit-elle, il faudra revenir plus tard, j'ai une commande à terminer.

Le conseiller fut très offusqué.

— Mais je suis de la Maison royale, lui dit-il.

— Et moi, j'ai une commande à terminer, lui dit-elle. Revenez pour le déjeuner si vous voulez.

— Je reviendrai à midi, répondit-il d'un ton sec, et il s'éloigna.

Entre-temps, il interrogea tous ceux qu'il rencontra à propos de la femme. Quel âge avait-elle ? De quelle famille était-elle ? Avait-elle des personnes à charge ? Etait-elle intelligente ?

— Intelligente ? dit un vieillard d'un ton méprisant. Elle est parfaite.

— Vous avez dit parfaite ? s'exclama le conseiller, en secouant le vieillard par les épaules.

— Oui, s'écria-t-il, j'ai dit : « Parfaite. »

Dès midi, le conseiller frappa à la porte de la femme.

— Il y a de la soupe au fromage, lui dit-elle en le faisant entrer.

— Ça m'est bien égal, répliqua-t-il, nous devons partir tout de suite, je vous emmène voir le prince.

— Pourquoi faire ? demanda la femme, en se servant une louchée de soupe.

— Il voudra peut-être vous épouser.

— Je n'ai pas l'intention de me marier, dit-elle.

Le conseiller se tourna vers elle d'un air horrifié.

— Mais pourquoi ?

— Le mariage ne m'intéresse pas beaucoup. Bon, vous en voulez de cette soupe ou non ?

— Non, vociféra le jeune homme. Mais je reviendrai.

Trois jours plus tard, il y eut un grand tohu-bohu dans la forêt. Le prince et sa suite arrivaient. Le prince avait perdu l'usage de ses jambes à force d'être resté si longtemps assis et devait se faire transporter sur une litière. Lorsqu'il aperçut la femme, qui était assise à filer sa laine, tout comme la fois précédente, il se leva d'un bond de sa litière en s'écriant : « Je suis guéri, elle doit être parfaite. » Et il tomba à genoux et la supplia de l'épouser.

Les membres de la cour se tournèrent les uns vers les autres en souriant. Désormais, ils pourraient mettre un terme à cette situation absurde et vivre heureux pour toujours.

La femme sourit au prince agenouillé et lui caressa les cheveux.

— Vous êtes très gentil, mais je ne veux pas vous épouser.

La cour laissa échapper un hoquet horrifié.

Puis ce fut le silence.

Le prince se releva tant bien que mal et tira de sa poche un exemplaire de son livre.

— Mais il le faut, j'ai écrit ici tout ce qui vous concerne.

De nouveau la femme sourit, puis elle lut le titre. Alors elle fronça les sourcils et, faisant signe au prince, l'entraîna à l'intérieur de sa maison.

Trois jours et trois nuits durant, la cour campa, emplie de crainte. On n'entendait aucun bruit dans la cabane. Enfin, le quatrième jour, le prince apparut, fatigué et pas lavé. Appelant à lui ses principaux conseillers, il leur raconta tout ce qui s'était passé.

La femme était en effet parfaite, il n'y avait aucun doute possible, mais elle n'était pas sans défauts. Lui, le prince, était dans l'erreur. Elle était parfaite, parce qu'en elle ses qualités et ses forces s'équilibraient parfaitement. Elle était symétrique en tous points. La quête de la perfection, lui avait-elle dit, était en réalité une quête d'équilibre, d'harmonie. Et elle lui avait montré les symboles zodiacaux de la Balance et des Poissons, et en dernier lieu, lui avait tendu ses deux mains. « C'est la clé du secret » avait-elle dit. « Tout est ici, dans cet équilibre premier, personnel. »

« Il y a deux principes », avait-elle dit, « celui du Poids et celui du Contrepoids ».

— Ah oui, glissa l'un des conseillers, vous voulez dire la Sphère du Destin et la Roue de la Fortune.

Le prince pivota sur ses talons.

— Comment le savez-vous ? demanda-t-il.

Le conseiller rougit.

— Oh, c'est juste une chose que ma mère m'a dite une fois et que j'avais oubliée.

— Bon, de toute façon, dit le prince d'un ton péremptoire, le problème est que j'ai tort et que je vais devoir écrire un nouveau livre et faire des excuses publiques à l'oie.

— Sire, c'est impossible, hoquetèrent les conseillers comme un seul homme.

— Pourquoi ?

— Parce que vous êtes un prince, et en tant que prince nul ne doit savoir que vous avez tort.

Cette nuit-là, le prince arpenta la forêt, dans l'espoir de trouver une solution. Sur le coup de minuit, il entendit un bruit derrière lui et, tirant son épée, il se trouva face à face avec le chef de ses conseillers.

— Lucien ! s'exclama-t-il (car c'était lui).

— Sire, répondit l'homme, en s'inclinant très bas. J'ai trouvé une solution. Et pendant quarante-cinq minutes, il chuchota à l'oreille du prince.

— Non, s'écria le prince, je ne peux pas faire cela.

— Sire, il le faut, votre royaume est en jeu.

— Personne ne me croira, dit en pleurant le prince, qui s'était assis sur une souche d'arbre.

— Ils vous croiront, ils le doivent, ils vous croient toujours, répondit calmement son conseiller. Faites-moi confiance.

— Dois-je vraiment le faire ? demanda le prince, d'un ton désespéré.

— Vous le devez, dit le conseiller, très ferme.

La nuit s'écoula et le prince décida en son cœur de commettre le mal. A l'aube, il y eut une grande sonnerie de trompettes et toute la cour et tous les villageois s'assemblèrent afin d'écouter ce que le prince avait à dire.

Il se tint au milieu d'eux, lavé de frais, et ordonna à la femme de sortir de chez elle.

Tandis qu'elle s'avançait, les premières lueurs du jour tombèrent sur elle et elle étincela comme un phare dans toute la clairière. Il y eut un murmure d'étonnement, car ce jour-là elle était plus belle qu'elle ne l'avait jamais été. Le prince déglutit avec peine, puis commença son discours.

— Bonnes gens, vous connaissez tous ma quête de perfection et bon nombre d'entre vous ont, je l'espère, lu mon livre. J'avais espéré, en venant ici, aboutir à la fin de ma quête, mais je sais maintenant que la perfection ne peut être trouvée, mais seulement créée, car rien sur cette terre n'est sans défauts...

— Mais la perfection existe, dit la femme d'une voix claire et forte.

— Cette femme, poursuivit le prince, a déployé tous ses efforts pour me convaincre que la perfection et l'absence de défauts ne sont pas la même chose, mais pourquoi se donnerait-elle tant de peine si elle n'avait pas elle-même des défauts ?

— Je ne me suis pas donné de peine du tout, rétorqua la femme, d'une voix aussi forte qu'auparavant. C'est vous qui êtes venu à ma recherche.

Une vague de désaccord parcourut la foule. Soudain, quelqu'un s'écria :

— Mais elle vous a guéri !

— Ce sont des arts païens, répondit sèchement le chef des conseillers. Qu'on arrête cet homme ! Et l'homme fut ligoté et emmené.

— Mais elle n'a aucun défaut, cria quelqu'un dans la foule.

— Mais si, j'en ai, dit calmement la femme, j'en ai beaucoup.

— Elle nous fournit la preuve de ses propres lèvres, hurla le chef des conseillers.

Alors la femme fit un pas en avant et se tint devant le prince, qui se mit à trembler sans pouvoir se maîtriser.

— Ce que vous désirez n'existe pas, dit-elle.

— La preuve vient de ses propres lèvres, cria de nouveau le chef des conseillers.

La femme ne lui prêta pas attention, mais continua à parler au prince, qui était devenu mortellement pâle.

— Ce qui existe, vous le tenez entre vos propres mains.

Le prince s'évanouit.

— C'est le Mal, le Mal, cria d'une voix perçante le conseiller. Nous n'abandonnerons pas notre quête.

— Vous serez mort avant d'en voir la fin, dit la femme en haussant les épaules, et elle se détourna vers sa maison.

— Mais pas avant toi, s'écria le prince, revenant à lui. Qu'on lui tranche la tête.

Et ils tranchèrent la tête de la femme.

Aussitôt, le sang se transforma en un lac qui noya les conseillers et la plus grande partie de la cour. Le prince ne réussit à se sauver qu'en grimpant dans un arbre.

— Quelle ennuyeuse affaire, pensa-t-il. J'ai quand même réussi à anéantir un très grand mal. Il me faut maintenant poursuivre ma quête, mais hélas, qui me conseillera désormais ?

Juste à ce moment-là, il entendit un bruit en dessous de lui. Il regarda en bas et aperçut un homme qui vendait des oranges.

— Quelle bonne idée, s'exclama le prince. Je vais en acheter une douzaine pour le chemin du retour. Vieil homme, appela-t-il, vendez-moi une douzaine d'oranges.

Le vieil homme extirpa une douzaine d'oranges et les mit dans un sac.

— Vous avez autre chose à vendre ? demanda le prince, qui se sentait mieux.

— Désolé, dit le vendeur, je fais que les oranges.

— Quel dommage, soupira le prince, j'espérais trouver quelque chose à lire pour le voyage du retour.

Le vieil homme renifla.

— Vous n'avez pas de magazines ?

Le vieil homme secoua la tête.

— Pas de brochures d'information ?

Le vieil homme s'essuya le nez.

— Oh bon, tant pis, je vais y aller alors, décida le prince.

— Attendez une minute, dit brusquement l'homme, j'ai ça.

Et il tira de sa poche un livre à la reliure de cuir.

— Je ne sais pas si c'est dans vos cordes, mais ça explique comment créer une personne parfaite, ça raconte toute l'histoire de celui qui le fait, mais ça ne sert à rien si vous n'avez pas le matériel.

Le prince lui arracha le livre des mains.

— C'est un peu bizarre, continua le vieil homme, ça parle d'un type qui reçoit la foudre en plein dans la tête...

Mais le prince était déjà parti.

NOMBRES

C'était le printemps, il y avait encore des traces de neige sur le sol et j'allais me marier. Ma robe était blanc pur et j'avais une couronne dorée. Mais plus j'avançais dans l'allée, plus la couronne devenait lourde et plus il m'était difficile de marcher. Je croyais que tout le monde allait me montrer du doigt, mais personne ne s'en apercevait.

Je parvenais quand même jusqu'à l'autel. Le prêtre était très gros et devenait de plus en plus gros, comme une bulle de chewing-gum que l'on gonfle. Finalement, on arrivait au moment où il prononçait la phrase : « Vous pouvez embrasser la mariée. » Mon nouveau mari se tournait vers moi, et à ce moment-là il y avait un certain nombre de variantes. Parfois il était aveugle, parfois c'était un cochon, parfois ma mère, une fois le monsieur de la poste et, une fois, un costume vide. J'ai parlé du rêve à ma mère et elle m'a dit que c'était parce que j'avais mangé des sardines au dîner. Le lendemain soir, j'ai mangé des saucisses, mais j'ai encore fait ce rêve.

Il y avait dans notre rue une dame qui racontait à tout le monde qu'elle avait épousé un cochon. Je lui ai demandé pourquoi et elle m'a dit : « Quand on s'en aperçoit, c'est trop tard. »

Et c'est vrai.

Sans aucun doute, cette dame avait découvert dans la vie ce que j'avais découvert dans mon rêve. Par inadvertance, elle avait épousé un cochon.

Par la suite, j'ai observé attentivement son mari. Il était difficile de savoir que c'était un cochon. Il était intelligent, mais il avait des yeux très rapprochés et une peau rose vif. J'ai essayé de l'imaginer sans ses vêtements. Horrible.

Les autres hommes que je connaissais ne valaient guère mieux. Le monsieur qui s'occupait de la poste était chauve et luisant, avec des mains trop grosses pour se faufiler dans les bocaux à bonbons. Il m'appelait son petit chou, ce qui, selon ma mère, était gentil. Il me donnait aussi des bonbons, ce qui était mieux.

Un jour, il a eu une nouvelle sorte de bonbons. « De gentils cœurs pour un gentil petit cœur », a-t-il dit en riant. Ce jour-là, j'avais failli étrangler ma chienne de rage et j'avais été traînée hors de la maison par une mère désespérée. Gentille, je ne l'étais pas. Mais j'étais une petite fille, donc, j'étais gentille, et il y avait de gentils bonbons comme preuve à l'appui. J'ai regardé dans le sachet. C'était des bonbons roses, jaunes, bleu ciel et orange, tous en forme de cœur avec une inscription du genre :

Maureen & Ken,
Jack et Jill, pour toujours.

En rentrant à la maison, j'ai croqué le Maureen & Ken. J'étais perplexe. Tout le monde disait qu'on trouvait un jour l'homme de sa vie. Ma mère le disait, ce qui me rendait perplexe.

Ma tante le disait, et ça me rendait encore plus perplexe.

Le monsieur de la poste vendait la même idée sur ses bonbons.

Mais il y avait le problème de la dame mariée au

cochon et du garçon boutonneux qui couchait avec les filles, et celui de mon rêve.

Cet après-midi-là, je suis allée à la bibliothèque. J'ai fait le grand détour pour éviter de passer devant les couples. Ils faisaient de drôles de bruits qui avaient l'air douloureux et les filles étaient toujours écrasées contre le mur. Dans la bibliothèque, je me suis sentie mieux ; il y avait des mots auxquels on pouvait faire confiance et qu'on pouvait regarder jusqu'à ce qu'on les comprenne, ils ne pouvaient pas changer en plein milieu d'une phrase comme les gens, si bien qu'il était plus facile de déceler un mensonge. J'ai trouvé un livre de contes de fées et j'ai lu un conte qui s'appelait « La Belle et la Bête ».

Dans cette histoire, une belle jeune fille devient l'enjeu d'un marché malheureux conclu par son père. Elle se trouve obligée d'épouser une bête hideuse, ou bien de déshonorer sa famille pour toujours. Comme elle est bonne, elle obéit. Lors de sa nuit de noces, elle se met au lit avec la bête, et, navrée que tout soit si affreux, lui donne un petit baiser. Aussitôt, la bête se change en un jeune et beau prince, et ils vivent heureux pour le reste de leurs jours.

Je me suis demandé si la dame mariée à un cochon avait lu cette histoire. Dans ce cas, elle avait dû être horriblement déçue. Et que dire de mon oncle Bill, il était affreux et velu, et quand on regardait l'illustration, on voyait bien que les princes métamorphosés ne sont pas du tout censés être velus.

Lentement, j'ai refermé le livre. Il était clair que je venais de découvrir une terrible conspiration.

Il y a des femmes dans le monde.

Il y a des hommes dans le monde.

Et il y a des montres.

Que faire si l'on épouse un monstre ?

Les embrasser ne servait pas toujours à grand-chose.

Et les monstres sont rusés. Ils prennent la même apparence que vous et moi.

Comme le loup dans le conte du Petit Chaperon Rouge.

Pourquoi personne ne m'avait-il prévenue ? Est-ce que cela voulait dire que personne d'autre que moi ne le savait ?

Est-ce que ça voulait dire que dans le monde entier, en toute innocence, des femmes épousaient des monstres ?

Je me suis rassurée de mon mieux. Le pasteur était un homme, mais il portait une jupe, ça en faisait un cas à part. Il devait y avoir d'autres hommes, mais est-ce qu'il y en avait suffisamment ? C'était le problème. Il y avait beaucoup de femmes et la plupart se mariaient. Si elles ne pouvaient pas se marier entre elles — et je ne pensais pas que c'était possible, parce qu'elles n'auraient pas pu avoir de bébés — certaines seraient de toute évidence forcées d'épouser des monstres.

Ma propre famille s'était très mal débrouillée, à mon avis.

Si seulement il y avait un moyen de les reconnaître, on aurait pu instaurer une sorte de système de répartition. Il n'était pas juste que toute une rue soit pleine de monstres.

Ce soir-là on devait aller chez ma tante jouer au scarabée. Elle faisait partie de l'équipe de l'église et il fallait qu'elle s'entraîne. Tandis qu'elle distribuait les cartes, je lui ai demandé :

— Pourquoi il y a tant d'hommes qui sont en fait des monstres ?

Elle a ri.

— Tu es trop jeune pour ce genre de problèmes.

Mon oncle m'avait entendue. Il est venu vers moi et a approché son visage tout près.

— Si on ne l'était pas, vous ne nous aimeriez pas, a-t-il dit en frottant son menton piquant contre mon visage. Je l'ai détesté.

— Arrête, Bill, a dit ma tante en le repoussant. Ne

t'inquiète pas, ma chérie, m'a-t-elle réconfortée, tu t'y habitueras. Quand je me suis mariée, j'ai ri pendant une semaine, pleuré pendant un mois et puis je m'y suis faite, pour la vie. C'est différent, c'est tout, ils ont leurs petites façons de faire.

J'ai regardé mon oncle qui était absorbé dans les bulletins de paris sur les résultats de football.

— Tu m'as fait mal, l'ai-je accusé.

— Non, ce n'est pas vrai, a-t-il dit en souriant. C'était juste une petite démonstration d'amour.

— C'est ce que tu dis toujours, a répliqué ma tante, et maintenant tais-toi ou sors.

Il s'est éclipsé. Je m'attendais à moitié à ce qu'il ait une queue.

Ma tante a étalé les cartes.

— Tu as bien le temps de te trouver un petit ami.

— Je ne crois pas que j'en veux un.

— Il y a ce qu'on voudrait avoir, a-t-elle dit, en abattant un valet, et ce qu'on obtient, souviens-toi de ça.

Etait-elle en train d'essayer de me dire qu'elle savait, pour les monstres ? Je me suis sentie très découragée et j'ai commencé à mettre les pattes du scarabée dans le mauvais ordre et à tout embrouiller. Finalement, ma tante s'est levée et a soupiré.

— Tu ferais aussi bien de rentrer à la maison, a-t-elle dit.

Je suis allée chercher ma mère qui était dans le salon en train d'écouter Johnny Cash.

— Tu viens ? On a terminé.

Lentement, elle a enfilé son manteau et ramassé sa petite Bible, l'édition pour les voyages. On a commencé à descendre la rue.

— Il faut que je te parle, tu as le temps ?

— Oui, a-t-elle dit, mangeons une orange.

J'ai essayé de lui expliquer mon rêve, et la théorie des monstres, et à quel point je détestais l'oncle Bill. Pendant tout ce temps-là, ma mère a continué à marcher en fredonnant *Quel ami nous avons en Jésus* tout en me pelant une orange. Elle s'est arrêtée de la peler et je me suis arrêtée de parler presque en même temps. J'avais une dernière question.

— Pourquoi as-tu épousé mon papa ?

Elle m'a regardée attentivement.

— Ne dis pas de bêtises.

— Ce ne sont pas des bêtises.

— Il fallait qu'on ait quelque chose pour toi, et en plus, c'est un homme bon, même s'il n'est pas du genre à se mettre en avant. Mais ne t'inquiète pas, tu es dédiée au Seigneur, je t'ai inscrite à l'école des missionnaires dès qu'on t'a eue. Souviens-toi de Jane Eyre et de St. John Rivers. Son regard est devenu lointain.

Je m'en souvenais bien, mais ce que ma mère ignorait, c'est que je savais maintenant qu'elle avait réécrit la fin. *Jane Eyre* était son livre préféré en dehors de la Bible et elle me le lisait et me le relisait constamment quand j'étais toute petite. Je ne savais pas lire, mais je savais à quel endroit du texte il fallait tourner la page. Plus tard, quand j'ai su lire, et comme j'étais curieuse, j'avais décidé de lire le livre moi-même. C'était, en quelque sorte, un pèlerinage nostalgique. Ce jour terrible, dans un coin reculé de la bibliothèque, j'avais découvert que Jane n'épouse pas du tout St. John, mais qu'elle revient vers Monsieur Rochester. J'ai ressenti la même chose que le jour où j'ai découvert mes papiers d'adoption en cherchant un jeu de cartes. Depuis, je n'ai plus jamais joué aux cartes, ni lu *Jane Eyre*.

Nous avons continué à marcher en silence. Elle croyait que j'étais satisfaite, mais j'étais en train de penser à elle et je me demandais où je pourrais bien trouver une réponse à mes questions.

Le jour de la lessive, je me suis cachée dans la poubelle pour écouter ce que disaient les femmes. Nellie est arrivée avec son fil à linge et l'a tendu en travers de la ruelle. Elle a fait signe à Doreen, qui remontait péniblement la colline avec ses courses et lui a proposé de venir boire une tasse de thé et discuter un peu. Tous les mercredis, Doreen allait faire la queue chez le boucher pour acheter de la viande hachée en promotion spéciale. Ça la mettait toujours de mauvaise humeur, parce qu'elle était membre du Parti travailliste et croyait à des droits égaux et à des parts égales. Elle a commencé à parler à Nellie de la dame qui était devant elle et qui achetait du bifteck. Nellie a secoué la tête, qu'elle avait petite et surmontée d'un toupet, et lui a dit que la vie était dure pour elle aussi depuis que Bert était mort.

— Bert, s'est exclamée sèchement Doreen, il était mort dix ans avant qu'on le mette en bière. Puis elle a offert une boule de gomme à Nellie.

— Je n'aime pas dire du mal des morts, a dit Nellie, mal à l'aise, on ne sait jamais.

Doreen a émit un grognement et s'est assise péniblement sur la marche de l'escalier. Sa jupe était trop serrée, mais elle prétendait toujours qu'elle avait rétréci au lavage.

— Et si on disait du mal des vivants ? Mon Frank ne mijote rien de bon.

Nellie a pris une profonde inspiration et une autre boule de gomme. Elle a demandé si c'était la femme qui servait les pies aux petits pois au pub ; Doreen ne savait pas, mais elle pensait que ce serait une bonne explication, parce qu'il sentait toujours la sauce de viande quand il rentrait tard à la maison.

— Tu n'aurais jamais dû l'épouser, a reproché Nellie.

— Je ne pouvais pas savoir qui il était lorsque je l'ai épousé, si ?

Et elle a raconté à Nellie qu'à l'époque, c'était la guerre, qu'il avait plu à son père, et que ça avait paru une chose sensée. Il faut dire, aussi, j'aurais quand même dû m'en douter que c'était un drôle d'oiseau, il venait me faire la cour et il finissait toujours par boire avec mon père. Moi je restais là toute pomponnée à jouer au whist avec sa mère et une de ses amies.

— Mais ensuite, il ne t'a pas emmenée faire des sorties ?

— Oh si, a dit Doreen, on allait se balader tous les samedis, sur le chemin où les gens vont promener leur chien.

Elles ont gardé le silence pendant un instant, puis Doreen a continué.

— Bien sûr, ça s'est arrangé quand il y eut les enfants. Je l'ai ignoré pendant quinze ans.

— Même comme ça, l'a rassurée Nellie, il y a bien pire, par exemple Hilda, de l'autre côté de la rue, son mari boit tout leur argent et elle n'ose pas aller voir la police.

— Si le mien me battait, je le ferais mettre en prison.

— C'est vrai ?

Doreen s'est tue et elle a gratté la poussière du bout de sa chaussure.

— On n'a qu'à se fumer une cigarette, a proposé Nellie, et tu me parleras de Jane.

Jane était la fille de Doreen, elle venait d'avoir dix-sept ans et elle était très studieuse.

— Si elle ne se trouve pas un garçon, ça va finir par faire jaser. Elle passe tout son temps chez cette Susan à faire ses devoirs, en tout cas c'est ce qu'elle me dit.

Nellie a émis l'idée que Jane voyait peut-être un garçon en cachette tout en disant qu'elle travaillait chez Susan. Doreen a secoué la tête.

— Non, elle y est bien, je vérifie avec la mère de Susan. Si elles ne font pas attention, les gens vont croire qu'elles sont comme les deux autres de la librairie.

— Moi je les aime bien, a dit fermement Nellie, et de toute façon qui peut dire si elles font quelque chose ou non ?

— Mrs. Fergeson qui habite en face les a vues se faire livrer un nouveau lit, et c'était un lit à deux places.

— Et alors, qu'est-ce que ça prouve ? Moi et Bert on avait qu'un seul lit et on n'y faisait rien.

Doreen a dit que dans ce cas-là c'était normal, mais que quand c'était deux femmes, c'était différent.

Différent de quoi ? me suis-je demandé dans ma poubelle.

— Jane peut toujours aller à l'université et aller vivre ailleurs, elle est intelligente.

— Frank n'acceptera jamais, il veut des petits-enfants, et si je n'y vais pas il n'aura pas de dîner et il retournera voir Miss pies aux petits pois au pub. Je n'ai pas envie de lui donner un bon prétexte.

Elle s'est relevée péniblement tandis que Nellie commençait à suspendre son linge. Quand la voie a de nouveau été libre, je me suis glissée hors de la poubelle, tout aussi perplexe qu'auparavant et couverte de suie.

C'était une bonne chose que je sois destinée à devenir missionnaire. Pendant quelque temps, j'ai mis de côté le problème des hommes et je me suis concentrée sur la lecture de la Bible. Au bout du compte, me disais-je, je tomberai amoureuse comme tout le monde. Ce qui m'est arrivé, quelques années plus tard, par erreur.

Ma mère m'a dit qu'il fallait qu'on aille en ville.

— Je ne viens pas.

— Mets cet imper.

— Je ne viens pas, il pleut.

— Je sais, et je n'ai pas envie de me faire tremper toute seule.

Elle m'a jeté l'imper et a fait pivoter la glace pour ajuster son foulard. D'un coup de pied, j'ai fait sortir la chienne de sa caisse et j'ai essayé de lui mettre sa laisse. Ma mère m'a aperçue.

— Laisse-la tranquille , elle va se faire piétiner et ça sera tout.

— Mais...

— *Laisse-la tranquille!* Elle a saisi son cabas d'une main et moi de l'autre et m'a traînée jusqu'au bus, en se plaignant de l'ingratitude sur tout le chemin. En montant dans le bus, on a aperçu May avec Ida, l'une des dames qui tenaient la librairie interdite, et qui jouait aux boules dans l'équipe locale.

— Regarde, voilà Louie et la gamine, s'est écriée May avec plaisir.

— Ce n'est plus une gamine, a dit Ida, elle a quatorze ans bien sonnés. Tenez, prenez un macaron à la noix de coco. Et elle a tendu un sac froissé.

— Merci, a dit ma mère et elle en a pris un.

— Vous allez en ville ? a demandé May.

Ma mère a opiné de la tête.

— Je vous préviens, il n'y a rien de bon marché si vous voulez des fruits, il y a juste des cochonneries espagnoles.

— On va acheter de la viande hachée, a dit ma mère, entourant de ses bras son sac à main. Elle n'aimait pas parler d'argent.

— En tout cas je vous préviens, il n'y a rien, a répété May. Mais j'ai quelque chose à proposer quand même. Elle s'est penchée en avant, coinçant en même temps mes cheveux avec sa poitrine.

— Attention, May, ai-je hoqueté.

— Tante May, a dit ma mère d'un ton sec.

— Si on se retrouvait chez Trickett à trois heures pour se boire une tasse de Horlicks ? Elle s'est rassise à sa place, contente, libérant mes cheveux.

— Regarde, Louie, cette gosse est en train de perdre ses cheveux. May a donné une petite bourrade à ma mère et agité des mèches de mes cheveux qui étaient restées accrochées à son manteau.

— C'est normal à cet âge, s'est interposée Ida. C'est rien.

Le bus est arrivé sur le Boulevard. (Ma mère lui donnait toujours ce nom à cause de ses souvenirs de

Paris.) May et Ida sont parties vers l'étal du tripier et ma mère est allée chez le marchand de journaux, pour découvrir qu'ils avaient oublié de lui mettre de côté sa revue *L'Union de l'espoir*. J'ai été assez stupide pour lui demander si je pouvais avoir un nouvel imper.

— Cet imper survivra à ton père, a-t-elle répondu.

Ensuite, on est entrées dans le marché. Ma mère avait toujours sa viande hachée à prix d'ami parce que le boucher avait autrefois été amoureux d'elle. Elle disait qu'il était un diable, mais elle prenait quand même la viande. Pendant qu'il l'emballait, mon imper s'est pris à un crochet à viande et toute la manche a été arrachée.

— Maman, ai-je gémi, en agitant la manche.

— Flûte ! s'est-elle écriée. Et elle a saisi un rouleau de scotch qu'elle a commencé à m'enrouler autour du bras. Juste à ce moment-là, on a aperçu Mrs. Clifton, qui donnait des cours de chant et qui faisait ses courses à Marks & Spencers.

— Vous avez des ennuis avec le bras de Jeanette ? a-t-elle demandé.

— C'est seulement sa manche, a répondu ma mère, en soignant sa prononciation.

— Oh, mais je crois bien qu'elle aurait besoin d'un imper neuf, vous ne pensez pas ?

Ma mère a changé son cabas de place.

— Non, ce n'est pas la peine, ai-je glissé, j'aime vraiment cet imper-ci.

Elle m'a regardée d'un air écœuré.

— Eh bien, je trouve que...

— On va lui en acheter un neuf cet après-midi, a dit fermement ma mère. Au revoir. Elle nous a entraînées, laissant Mrs. Clifton plantée toute seule devant la poitrine de porc.

— Tu n'es pas sortable, a sifflé ma mère dès qu'elle a pu. Que dirait ton grand-père ?

— Il est mort.

— Ce n'est pas une raison.

— C'est une bêcheuse et je ne l'aime pas.

— Veux-tu te taire, elle a une superbe maison.

Avant que je ne puisse protester, elle m'a poussée dans une boutique qui vendait des fins de série et des articles d'occasion.

— Ils n'en ont pas, ai-je dit, en regardant autour de moi non sans soulagement.

— Oh que si, a répondu ma mère d'un ton triomphant.

Elle était en train de fouiller derrière une pile de cartons sur lesquels il y avait marqué SURPLUS sur un côté, comme des moutons marqués au fer.

— Essaie celui-là.

Je l'ai enfilé.

Il était énorme.

— Regarde, il y a le chapeau qui va avec.

Elle a tendu un morceau de plastique informe vers l'endroit où elle supposait que se trouvait ma main.

— Ça se met dans quel sens ? Je me sentais prise au piège.

— Comme tu veux, ça te gardera au sec de toute façon.

Je me suis souvenue d'un film que j'avais vu et qui s'appelait *L'homme au masque de fer*.

— C'est un peu grand, ai-je risqué.

— Tu grandiras, il finira par être à ta taille.

— Mais Maman...

— On le prend.

— Mais Maman...

C'était un imper rose bonbon.

On s'est dirigées en silence vers l'étal du poissonnier.

Je la détestais.

J'ai regardé les crevettes.

Elles étaient toutes roses.

Il y avait une dame à côté de moi qui avait un gâteau de Battenburg.

Il avait un glaçage rose et il était décoré de petites roses.

Je me suis sentie malade.

A ce moment-là, quelqu'un a été malade. Un petit garçon. Sa mère l'a giflé.

— Bien fait pour lui, ai-je pensé, mesquine.

Je me suis demandé si je n'allais pas laisser tomber mon chapeau dedans, mais je savais qu'elle m'obligerait à le mettre quand même.

Je me sentais misérable. Lorsque Keats se sentait misérable, il mettait toujours une chemise propre.

Mais c'était un poète.

Je n'aurais pas remarqué Melanie si je n'étais pas allée de l'autre côté de l'étal regarder l'aquarium.

Elle était en train de retirer les arêtes des harengs et de les vider sur une grande plaque de marbre. Elle utilisait un couteau fin tout taché et jetait les entrailles dans un seau en fer blanc. Elle posait le poisson vidé sur une feuille de papier sulfurisé et, tous les quatre poissons, elle mettait un brin de persil.

— J'aimerais bien faire ça, ai-je dit.

Elle a souri et a continué son travail.

— Ça te plaît ?

Elle ne disait toujours rien, et je me suis glissée de l'autre côté de l'aquarium, aussi discrètement que peut le faire une personne en imper rose bonbon. Je n'y voyais pas très bien à cause du rebord du chapeau.

— Je peux avoir des appâts ? ai-je demandé.

Elle a levé les yeux et j'ai remarqué qu'ils étaient d'un beau gris, comme le chat des Voisins d'à côté.

— Je n'ai pas le droit de faire venir des amis à mon travail.

— Mais je ne suis pas ton amie, ai-je fait remarquer, impoliment.

— Non, mais ils vont penser que tu l'es, a-t-elle répondu.

— Dans ce cas-là, autant que je sois ton amie, ai-je proposé.

Elle m'a fixée un moment, puis elle s'est détournée.

— On y va, m'a pressée ma mère, surgissant brusquement près du plateau de buccins.

— Je peux avoir un nouveau poisson pour mon aquarium ?

— On n'a déjà pas assez d'argent pour nourrir ceux qu'on a, on ne va pas en prendre encore un. Cette fichue chienne coûte déjà suffisamment cher.

— Mais juste un tout petit, un guppy ?

— J'ai dit non. Et elle s'est ébranlée en direction de chez Trickett.

Je me suis sentie lésée. Si elle m'avait appris à lire comme tous les autres enfants, je n'aurais pas eu ces obsessions. Je me serais contentée d'un lapin domestique et d'un phasme de temps en temps.

J'ai regardé derrière moi.

Mais Melanie n'était plus là.

Lorsqu'on est arrivées chez Trickett, May et Ida étaient déjà là.

Ida était en train de remplir ses bulletins de football tout en mangeant une glace à la framboise.

— Tiens, les voilà, a-t-elle dit à May en lui donnant un petit coup de coude lorsqu'on est entrées.

Ma mère s'est écroulée sur une chaise.

— Je suis vidée.

— Un verre de Horlicks, a crié May à la serveuse, qui a posé sa cigarette et s'est approchée de nous. Ses lunettes étaient posées à un drôle d'angle et rafistolées avec du sparadrap.

— Qu'est-ce qui t'est arrivé ? a demandé May. Tu n'étais pas comme ça tout à l'heure.

— C'est Mona qui a posé son paquet de steaks dessus, a-t-elle répondu d'un ton maussade, en s'adossant au mur.

— Maintenant, ils les congèlent, on dirait des briques.

Elle a passé un coup de torchon sur la table.

— Ça ressemble vraiment à des briques, c'est pas naturel.

Elle a essuyé le cendrier.

— C'est pas que je trouve que ça soit mal d'utiliser un frigo, mais à la fin, on risque d'aller trop loin.

— C'est vrai, a acquiescé May, tout à fait.

— Il y a eu cette Mrs. Clifton qui est passée ici ce matin, a continué la serveuse. C'est un numéro, celle-là, vulgaire comme pas deux, mais elle s'y croit quand même. (Ma mère a rougi.)

— Je lui ai dit : « Doreen, ce que tu achètes à Marks & Spencer, tu peux l'avoir ici à moitié prix. »

Ida a acquiescé d'un murmure.

— Mais vous savez ce qu'elle a répondu ?

May a dit qu'elle ne savait pas, mais qu'elle avait une idée sur la question.

— Elle m'a dit, snob et tout, « j'aime remplir mon congélateur de produits dont je sais qu'ils sont de bonne qualité, Mrs. Grimsditch. »

— Ho, celle-là alors, s'est exclamée May. Elle vous a vraiment appelée Mrs. Grimsditch ? Pourquoi, Betty, ce n'est pas bien ?

— C'est vrai, a glissé Ida, Betty, ce n'est pas bien ?

Et elles se sont toutes mises à ronchonner tout haut.

Ma mère commençait à désespérer.

— Mrs. Grimsditch... a-t-elle dit.

— Betty, ce n'est pas bien ? a dit la serveuse en se retournant et en la regardant d'un air furibond.

Ma mère s'est tournée vers Ida, espérant son aide, mais elle était plongée dans son bulletin de paris.

— Liverpool-Rovers, a-t-elle dit à May. Qu'est-ce que tu en penses ?

— Rien du tout, a dit Betty. Bon, qu'est-ce que vous prenez ? Je n'ai pas que ça à faire de la journée et il y a tous ces verres à laver.

Ma mère a eu l'air visiblement affligée.

— Les gens crachent dedans et je ne sais quoi encore, c'est à vous retourner l'estomac.

Elle m'a regardée.

— Ça t'intéresse, un boulot pour le samedi ?

Le visage de ma mère s'est éclairé.

— Oui, ça l'intéresse.

— Eh bien, elle peut commencer tout de suite, n'est-ce pas Betty, a dit Ida sans lever le nez de ses bulletins.

— Oui, a dit Betty, il y a tous ces verres à laver.

Je me suis donc mise au travail, pendant que ma mère, Ida et May remplissaient le bulletin de football et buvaient du Horlicks. Ça m'était égal et il n'y avait pas tant de crachats que ça dans les verres, et en plus ça me donnait du temps pour penser à la poissonnerie et à Melanie.

Je suis retournée à la poissonnerie, semaine après semaine, juste pour regarder.

Et puis, un jour, elle n'a plus été là.

Je ne pouvais rien faire, sauf rester là à fixer les buccins.

Les buccins sont étranges et rassurants. Ils n'ont aucune idée de la vie en communauté et se reproduisent très rapidement. Mais ils ont un sens très développé de la dignité personnelle.

Même lorsqu'ils ont la tête plongée dans un plat de vinaigre, il y a quelque chose de noble chez le buccin. On ne peut pas en dire autant de tout le monde.

« Pourquoi est-ce que je me sens comme ça ? » me suis-je demandé. Puis, juste au moment où j'allais m'en aller et m'acheter une pomme de terre au four pour me consoler, j'ai aperçu Melanie qui se dirigeait vers l'étal. Je me suis aussitôt approchée d'elle. Elle a eu l'air un peu surprise.

— Salut, je croyais que tu avais quitté ce travail.

— Je l'ai quitté, je travaille à la bibliothèque maintenant, ici je ne fais plus que les samedis matins.

Que pouvais-je dire d'autre ? Comment la faire rester ?

— Tu aimerais une pomme de terre au four ? ai-je proposé à tout hasard.

Elle a souri, elle a dit oui et on est allées manger sur le banc devant le magasin Woolworth. J'étais très nerveuse et les pigeons ont hérité de la majeure partie de ma pomme de terre. Elle a parlé du temps et de sa mère, et m'a dit qu'elle n'avait pas de père. « Moi non plus », ai-je dit, pour la consoler. « Enfin, presque pas. » Puis j'ai dû lui expliquer, lui parler de notre église, de ma mère, de ma consécration au Seigneur. Pendant un moment ça a paru bizarre, mais je savais que c'était parce que j'étais nerveuse. Je lui ai demandé si elle allait à l'église, et elle m'a dit que oui, mais ce n'était pas une église très vivante, alors je l'ai invitée à venir à la nôtre le lendemain.

— Melanie, lui ai-je enfin demandé, prenant mon courage à deux mains, pourquoi tu t'appelles comme ça, c'est un drôle de nom ?

Elle a rougi.

— Quand je suis née, je ressemblais à un melon.

— Ne t'inquiète pas, l'ai-je rassurée, ce n'est plus vrai maintenant.

La première visite de Melanie à notre église n'a pas été une réussite. J'avais oublié que le pasteur Finch, qui faisait une tournée dans la région, devait nous rendre visite. Il est arrivé dans une vieille camionnette Bedford sur laquelle étaient peints, d'un côté, les damnés terrifiés, et de l'autre, l'armée céleste. Sur les portes arrière et le capot, il avait inscrit en lettres vertes : LE PARADIS OU L'ENFER ? À VOUS DE CHOISIR. Il était très fier de son minibus et nous a raconté les nombreux miracles qu'il avait accomplis, tant à l'intérieur qu'à l'extérieur. À l'intérieur il y avait six sièges, pour que la chorale puisse voyager avec lui, avec suffisamment d'espace pour transporter les instruments de musique et une volumineuse trousse de matériel de premier secours au cas où le démon essaierait de consumer quelqu'un.

— Qu'est-ce que vous faites quand il y a des flammes ? avons-nous demandé.

— J'ai un extincteur, a-t-il expliqué.

On a été très impressionnés.

Il y avait un crucifix pliable que l'on fixait en travers des portes arrière et un tout petit évier pour que le pasteur puisse se laver les mains après chaque opération.

— L'eau est d'essence divine, nous a-t-il rappelé, et de même que le Christ a ordonné aux porcs de se jeter dans la mer, je rince le démon sous ce robinet.

Lorsqu'on a tous admiré le bus suffisamment longtemps, le pasteur Finch nous a fait entrer dans l'église et a demandé à sa chorale de nous chanter sa dernière composition. « Elle m'a été inspirée par le Seigneur, juste au moment où je sortais de la station-service de Sandbach. » La chanson s'appelait *Donnez-nous du Saint-Esprit, pas du Saint-Estèphe*. Les premiers vers disaient :

Les femmes s'adonnent au gin, les hommes au whisky
Mais le meilleur cru, c'est l'Esprit.
Certains aiment la bière, d'autres aiment le vin,
Mais pour vous sentir bien, ouvrez la bouche et buvez l'Esprit-Saint.

La chorale a chanté le début de la chanson et les vers suivants, six en tout, et nous avons chanté le refrain, dont on nous avait donné le texte, tandis que le pasteur Finch nous accompagnait aux bongos.

Le refrain disait...

Pas besoin de whisky, de gin-tonic, de rhum-coca pour faire la fête,
C'est le Spirituel, pas les spiritueux, qui me monte à la tête.

On s'est follement amusés. Danny a pris sa guitare et

a fait les accords, puis May a commencé à battre le rythme à douze temps sur son tambourin. En un rien de temps, on s'est tous retrouvés en une longue file à tourner autour de l'église en chantant sans arrêt le refrain.

« Grande est la puissance du Seigneur, a haleté le pasteur Finch, en frappant les bongos de ses paumes. Loué soit le Seigneur. »

— Roy, tu ne devrais pas te mettre dans des états pareils, a protesté Mrs. Finch, qui était au piano et qui essayait désespérément de garder la cadence. Enlevez-lui ses bongos, quelqu'un. Mais personne n'a écouté et c'est seulement quand Mrs. Rothwell est tombée par terre qu'on s'est arrêtés.

A ce moment-là seulement, je me suis aperçue que Melanie ne s'était pas jointe à nous.

— Bon, passons au sermon maintenant, a crié le pasteur Finch et on s'est tous installés dans l'église, décidés à passer un bon moment. Le pasteur nous a raconté ce qui s'était passé pendant sa tournée, combien d'âmes avaient été sauvées, et combien de bonnes âmes, opprimées par le démon, avaient retrouvé la paix.

« Je ne suis pas du genre à me vanter », nous a-t-il rappelé, « mais le don qui me vient du Seigneur est grand ». On a murmuré en signe d'acquiescement. Puis on a écouté, bouleversés, son récit de l'épidémie démoniaque qui se répandait actuellement dans le nord-ouest. Le Lancashire et le Cheshire avaient été particulièrement touchés; la veille encore, il avait purifié toute une famille de Cheadle Hulme.

« Ils étaient infestés ». Il a parcouru des yeux l'assemblée qui se taisait. « Oui, infestés, et vous savez par quoi ? » Il a reculé d'un pas. Personne ne disait mot. « Par des Choses pas Naturelles ».

Un frisson a agité l'assemblée. On ne savait pas tous ce qu'il voulait dire, mais on savait que c'était quelque chose de terrible. J'ai regardé Melanie; on aurait dit qu'elle allait tomber malade.

« Ça doit être l'Esprit », ai-je pensé, et j'ai pressé un peu sa main. Elle a sursauté et m'a regardée fixement. Oui, c'était bien l'Esprit.

A la fin de son beau sermon, le pasteur Finch a lancé un appel, il a dit aux pécheurs de lever la main et de demander leur pardon sur-le-champ. Nous avons baissé la tête pour prier, en jetant un coup d'œil furtif de temps en temps, pour voir si quelque chose arrivait. Tout d'un coup, j'ai senti une main se poser sur la mienne. C'était celle de Melanie.

— Je vais parler, a-t-elle chuchoté et elle a levé la main.

Une vague de joie a parcouru l'église. Il n'y avait personne d'autre, si bien que toute l'attention s'est concentrée sur Melanie à la fin du service. Ce n'était pas vraiment ce qu'elle souhaitait.

— Je me sens vraiment mal, a-t-elle avoué.

— Ne t'inquiètes pas, a soufflé Alice, qui passait par là, c'est homéopathique.

Pauvre Melanie, elle ne les comprenait pas, tout ce qu'elle savait, c'est qu'elle avait besoin de Jésus. Elle m'a demandé d'être son accompagnatrice et j'ai accepté de venir chez elle tous les lundis, pendant que sa mère était au club où elle travaillait. On est parties ensemble, moi sur mon petit nuage, elle avec son sac à main bourré de conseils aux nouveaux convertis et de prospectus sur les dons de l'Esprit. Lorsqu'on est arrivées à la hauteur de la mairie, la camionnette du Pasteur Finch, avec sa radio évangélique à fond, les fenêtres grandes ouvertes, et une bannière flottant triomphalement sur le toit, nous a dépassées à toute vitesse.

— C'est son Drapeau du Salut, ai-je expliqué à Melanie. Il la hisse chaque fois que quelqu'un est sauvé.

— Si on prenait le bus ? a-t-elle répondu, un peu désespérée.

Ensuite, chaque lundi je suis allée chez Melanie et nous avons lu la Bible ensemble ; on priait aussi pendant une demi-heure. J'étais aux anges. C'était mon amie et je n'étais pas habituée à une telle chose, Elsie mise à part. Mais avec Melanie, c'était différent. Je parlais constamment d'elle à la maison et ma mère ne me répondait jamais. Puis un jour elle m'a poussée dans la cuisine et m'a dit qu'il fallait qu'on parle sérieusement.

— Je crois que tu as un faible pour un garçon à l'église.

— Quoi ? ai-je dit, complètement abasourdie.

Elle voulait parler de Graham, un nouveau converti qui venait de Stockport et qui était venu habiter dans notre ville. Je lui apprenais à jouer de la guitare et j'essayais de lui faire comprendre qu'il était important de lire régulièrement la Bible.

— Il est grand temps que je te parles de Pierre et que je te raconte comment j'ai failli mal tourner, a-t-elle poursuivi, très solennelle. Puis elle nous a versé une tasse de thé chacune et elle a ouvert un paquet de biscuits Royal Scot. J'étais fascinée.

— C'est une histoire dont je ne suis pas fière et je ne te la raconterai qu'une seule fois.

Ma mère était quelqu'un de très volontaire et elle avait trouvé un poste de professeur à Paris, ce qui était quelque chose de très aventureux à l'époque. Elle habitait non loin de la rue Saint-Germain, mangeait des croissants et vivait une vie pure. Elle n'était pas avec le Seigneur en ces jours-là, mais elle avait un code moral élevé. Puis, un jour ensoleillé, par hasard, elle avait rencontré Pierre alors qu'elle descendait vers la Seine, ou, plutôt, Pierre avait sauté à bas de sa bicyclette, lui avait offert ses oignons et lui avait dit qu'elle était la plus belle femme qu'il avait jamais vue.

— Evidemment, j'ai été flattée.

Ils avaient échangé leurs adresses et ils avaient commencé à se voir. A ce moment-là, ma mère avait éprouvé un sentiment qu'elle n'avait jamais connu auparavant : c'était comme un pétillement, un bourdonnement et une sensation d'étourdissement. Elle ne le ressentait pas seulement quand elle était avec Pierre, mais partout où elle se trouvait, et tout le temps.

« Du coup, j'ai pensé que ça devait être l'amour. »

Mais elle était intriguée parce que Pierre n'était pas très intelligent et qu'il n'avait pas grand-chose à dire, sauf qu'elle était belle. Peut-être était-il séduisant ? Mais non, elle avait regardé des magazines et elle avait bien vu qu'il ne l'était pas. Mais cette sensation ne voulait pas disparaître. Puis, par une nuit calme, après un souper calme, Pierre l'avait saisie dans ses bras et l'avait suppliée de passer la nuit avec lui. Le pétillement avait commencé et tandis qu'il l'étreignait, elle s'était sentie certaine qu'elle n'aimerait jamais personne d'autre, et lui avait dit que oui, elle resterait, et qu'ensuite ils se marieraient.

« Dieu me pardonne, mais je suis restée. »

Ma mère s'est arrêtée, subjuguée par l'émotion. Je l'ai suppliée de terminer l'histoire, tout en lui tendant le paquet de biscuits Royal Scot.

« Le pire est encore à venir. »

Je me suis mise à spéculer là-dessus, tandis qu'elle mastiquait son biscuit. Peut-être n'étais-je pas du tout une enfant de Dieu, mais la fille d'un Français.

Deux jours après, ma mère, saisie d'une angoisse coupable, était allée voir le médecin. Elle s'est allongée sur le canapé et le médecin lui a tâté l'estomac et la poitrine en lui demandant s'il lui arrivait d'avoir des étourdissements ou un espèce de pétillement dans l'estomac. Avec coquetterie, ma mère lui a expliqué qu'elle était amoureuse et qu'elle se sentait parfois un peu bizarre, mais que ce n'était pas la raison de sa visite.

« Vous êtes peut-être bien amoureuse », lui a dit le médecin, « mais vous avez aussi un ulcère à l'estomac. »

On peut imaginer comme ma mère s'est sentie horrifiée. Elle avait cédé son bien le plus précieux à cause d'une maladie. Elle a pris les comprimés, suivi le régime et refusé de laisser Pierre venir la voir. Bien entendu, lorsqu'ils se sont revus ensuite, de nouveau par hasard, elle n'a rien éprouvé, absolument rien, et peu après elle a quitté le pays pour le fuir.

— Alors, est-ce que je suis... ? ai-je commencé à dire.

— Il n'y a rien eu, a-t-elle dit vivement.

Pendant quelques instants, on a gardé le silence, puis elle a dit :

— Maintenant, tu sauras qu'il faut faire attention, on peut croire que ce qu'on ressent vient du cœur, alors que ça peut très bien venir d'un autre organe.

Peut-être, Maman, peut-être, ai-je pensé. Elle s'est levée et m'a dit de trouver quelque chose à faire. J'ai décidé d'aller voir Melanie, mais juste au moment où j'allais ouvrir la porte, elle m'a rappelée et m'a donné un avertissement.

— Ne laisse personne te toucher Ici, a-t-elle dit en désignant un endroit qui se trouvait à peu près au même niveau que la poche de son tablier.

— Oui, Maman, ai-je dit docilement, et je suis partie en courant.

Lorsque je suis arrivée chez Melanie, il commençait à faire sombre. Je devais couper par le cimetière pour aller chez elle ; parfois, je volais pour elle un bouquet de fleurs sur les nouvelles tombes. Ça lui faisait toujours plaisir, mais je ne lui disais jamais d'où venaient les fleurs. Elle m'a demandé si je voulais rester pour la nuit, parce que sa mère n'était pas là et qu'elle n'aimait pas dormir toute seule dans la maison. Je lui ai dit que j'allais appeler chez un de nos voisins et après bien des embarras, j'ai fini par obtenir l'accord de ma mère, qu'il avait fallu aller chercher dans son potager au beau milieu de ses laitues. Comme d'habitude, on a lu la Bible, et puis on s'est dit combien on était heureuses que le Seigneur nous ait fait nous rencontrer. Elle m'a longtemps caressé les cheveux, puis on s'est serrées dans nos bras et ça a été comme une noyade. Alors j'ai eu peur, mais je ne pouvais plus m'arrêter. Il y avait quelque chose qui rampait dans mon ventre. J'avais une pieuvre dans le corps.

Et ce fut le soir, puis le matin; et il y eut un autre jour.

Par la suite, on a tout fait ensemble et je restais auprès d'elle aussi souvent que je pouvais. Ma mère a eu l'air soulagée de constater que je voyais Graham moins souvent et pendant un certain temps elle n'a fait aucune remarque sur tout le temps que je passais avec Melanie.

— Tu crois que c'est une Chose pas Naturelle ? lui ai-je demandé une fois.

— Ça n'en a pas l'air. D'après le pasteur Finch, c'est quelque chose d'affreux.

J'ai pensé qu'elle devait avoir raison.

Melanie et moi nous étions portées volontaires pour organiser le Banquet de la Fête des Moissons et nous avons travaillé dur toute la journée à l'église. Lorsque tous les gens sont arrivés et ont commencé à faire circuler la tourte aux pommes de terre, on est allées sur le balcon de la galerie et on les a regardés. C'était notre famille. On était protégées.

La table est dressée pour le banquet et les convives discutent de la meilleure façon de préparer les oies. De temps à autre, une secousse fait trembler le chandelier et de petites écailles de plâtre tombent dans le sorbet. Les convives lèvent alors les yeux, plus par curiosité que par inquiétude. Le froid règne dans la salle, un froid vif. Les femmes, surtout, en souffrent. Leurs épaules sont dénudées et blanches comme des coquilles d'œufs durs. Dehors, dans la neige, la rivière gît embaumée. Ils sont les élus, et dans la salle de garde une armée dort couchée sur la paille.

Dehors, un flot de torches.

Les rires flottent jusque dans la salle de garde. Les élus ont toujours été ainsi.

Ils vieillissent, meurent, renaissent. Sans s'apercevoir de rien.

Le Père et le Fils. Le Père et le Fils.

Il en a toujours été ainsi, rien ne peut venir interrompre le cours des choses.

Le Père, le Fils et le Saint-Esprit.

Dehors, les rebelles prennent d'assaut le Palais d'Hiver.

DEUTÉRONOME

Le dernier livre de la loi

Le temps émousse beaucoup les choses. Les gens oublient, sont gagnés par l'ennui, vieillissent, s'en vont. Jadis, il y a eu une époque en Angleterre où tout le monde construisait des navires de bois pour traverser la mer et combattre les Turcs. Puis, quand cette tâche a perdu de son intérêt, ce qui restait de paysans s'en est retourné clopin-clopant à la terre, et ce qui restait de nobles s'est mis à comploter l'un contre l'autre.

Bien sûr, ce n'est pas là toute l'histoire, mais il en va ainsi avec les histoires; nous en faisons ce que nous voulons. C'est une façon d'expliquer le monde tout en laissant le monde inexpliqué, une façon de le garder en vie, de ne pas le forcer à entrer dans le temps. Chaque narrateur raconte son histoire différemment, juste pour nous rappeler que chacun la voit différemment. Certains disent qu'il existe des choses vraies que l'on peut découvrir, certains que tout peut être prouvé. Je ne les crois pas. La seule chose certaine, c'est que tout est extrêmement compliqué, comme une ficelle pleine de nœuds. Tout est là, mais il est difficile d'en trouver le début et impossible d'en deviner la fin. Le mieux que l'on puisse faire est d'admirer ces figures dessinées par les entrelacs de la ficelle, et peut-être d'y ajouter quelques nœuds. L'histoire devrait être un hamac dans lequel on se balance et un jeu auquel on jouerait de la même façon que jouent les chats. Un coup de griffe, un coup de dent, on en change la forme et, au soir, on a toujours une boule de ficelle pleine de nœuds. Mais personne ne devrait s'en offusquer. Certains en tirent beaucoup d'argent. Les éditeurs font des affaires, les enfants, s'ils sont doués, peuvent être les meilleurs. C'est une occupation universelle pour les jours de pluie, cette réduction d'histoires qu'on appelle l'histoire.

Les gens aiment faire la distinction entre les histoires, qui ne sont pas des faits, et l'histoire, qui est, elle, un ensemble de faits. Ils le font afin de savoir ce qu'ils doivent croire et ce qu'ils ne doivent pas croire. C'est une chose très curieuse. Comment se fait-il que personne ne veut croire que la baleine a avalé Jonas, alors que chaque jour Jonas avale la baleine ? Je vois des gens, aujourd'hui, qui gobent les plus énormes des couleuvres, et pourquoi ? Parce que c'est l'histoire. Il y avait des avantages à savoir ce qu'il fallait croire. Cela a permis de bâtir un empire et de maintenir les gens à leur place, dans le beau royaume du portefeuille.

Très souvent, l'histoire est un moyen de nier le passé. Nier le passé, c'est refuser de reconnaître son intégrité. L'obliger à coïncider, le contraindre, le faire fonctionner, le vider de son essence jusqu'à ce qu'il prenne la forme que vous vouliez lui donner. Nous sommes tous des historiens, à notre modeste échelle. Et, sur une échelle bien plus terrible, Pol Pot a été plus honnête que nous tous. Il a décidé de se débarrasser complètement du passé. De cesser de faire semblant de traiter le passé avec un respect objectif. Les cités du Cambodge devaient être rasées, les cartes jetées, tout devait disparaître. Plus de documents. Plus rien. Le meilleur des mondes. L'Ancien Monde fut horrifié. Nous avons mis Pol Pot à l'index, mais les grosses puces ont elles aussi des petites puces qui les harcèlent.

Les gens ne se sont jamais gênés pour se débarrasser du passé lorsqu'il devient trop encombrant. La chair brûle, les photos brûlent, et la mémoire, qu'est-ce donc ? Les délires imparfaits de sots qui refusent d'admettre qu'il est nécessaire d'oublier. Et si nous ne pouvons pas nous débarrasser du passé, nous pouvons le modifier. Les morts ne crient pas. Il y a quelque chose d'attrayant chez ce qui est mort. Toutes les qualités admirables de la vie sont conservées, débarrassées de ce désordre fatigant qui va de pair avec les vivants : les absurdités, les plaintes, le besoin d'affection. Ce qui est mort peut être vendu aux enchères, stocké dans des musées, collectionné. Il est beaucoup plus sécurisant d'être un collectionneur de curiosités, parce que si vous êtes un curieux, il vous faudra attendre et attendre que quelque chose se passe. Vous devrez attendre sur la plage jusqu'à ce qu'il fasse froid et vous devrez investir dans une barque à fond de verre, ce qui est beaucoup plus coûteux qu'une canne à pêche, et vous met à la merci des éléments. Les gens curieux sont toujours exposés à un danger quelconque. Si vous êtes curieux, vous risquez de ne jamais revenir, comme tous ces hommes qui vivent désormais au fond de la mer avec les sirènes.

Ou comme les gens qui ont découvert l'Atlantide. Lorsque les Pères Pèlerins embarquèrent, il y en eut beaucoup pour penser qu'ils étaient fous. L'Histoire en a décidé autrement. Les gens curieux qui sont explorateurs doivent rapporter plus que des souvenirs ou un récit, il faut qu'ils rapportent avec eux des pommes de terre ou du tabac, ou mieux encore, de l'or.

Mais le bonheur n'est pas une pomme de terre.

Et l'Eldorado est plus que l'or espagnol, et c'est pour cela qu'il ne pouvait pas exister. Ceux qui sont revenus étaient possédés par une vision qui n'avait pas de sens. Et donc, parce qu'il a du sens commun, le collectionneur de curiosités s'entourera de choses mortes et songera au passé tel qu'il était lorsqu'il vivait, bougeait, avait une existence. Le collectionneur de curiosités habite une gare abandonnée et se passe des films de trains. Il est le mort vivant original.

Ainsi le passé, parce qu'il est passé, n'est malléable qu'au moment où il a été flexible. A un moment, il aurait pu changer de direction, mais maintenant il ne peut que subir des changements. Le verre grossissant à travers lequel nous l'observons peut être teinté, orienté différemment, brisé. Ce qui importe, c'est que l'ordre règne... imaginons-nous en messieurs du dix-huitième siècle, qui baissent les rideaux tandis que la calèche traverse les Alpes en cahotant ; nous devons savoir ce que nous faisons, nous faisons semblant de croire à un ordre qui n'existe pas, afin de créer une sécurité qui ne peut pas exister.

Il y a un ordre et un équilibre dans les histoires.

L'histoire est saint Georges.

Lorsque je regarde un livre d'histoire et que je pense à l'effort d'imagination qu'il a fallu accomplir pour capturer ce monde qui déborde de partout entre deux morceaux de carton et des pages imprimées, je suis étonnée. Peut-être l'événement possède-t-il une vérité inaliénable. Dieu l'a vu. Dieu sait. Mais je ne suis pas Dieu. C'est pourquoi, lorsque des gens me parlent de ce qu'ils ont entendu ou vu, je les crois, et je crois leur ami qui lui aussi a vu, mais pas de la même façon, et je peux assembler ces récits et non pas obtenir un tissu merveilleux sans coutures aucune, mais un sandwich assaisonné avec une moutarde à ma façon.

Gargouillements du bœuf salé de la civilisation dans nos entrailles. La constipation a été l'un des grands problèmes consécutifs à la Seconde Guerre mondiale. Pas assez d'aliments facilitant le transit intestinal, trop de nourriture raffinée. Si l'on mange tout le temps à l'extérieur, on ne peut jamais savoir ce que l'on avale ; les informations toutes faites ne vous font pas vous exercer.

Pourrissant et pourri.

Et voici un conseil. Mieux vaut faire ses propres sandwiches si l'on veut garder toutes ses dents...

JOSUÉ

— Et voilà ! a déclaré ma mère en reposant l'aspirateur. On pourrait installer un cercueil ici sans avoir honte, il n'y a plus une trace de poussière.

Mrs. White, qui était dans le vestibule, est arrivée en agitant un torchon.

— J'ai fait toutes les plinthes, mais mon dos n'est plus ce qu'il était.

— Non, a répondu ma mère, en secouant la tête, ces choses nous sont envoyées pour nous éprouver.

— Eh bien, au moins on sait qu'elles sont saintes, a dit Mrs. White.

Le salon était en effet vraiment impeccable. J'ai jeté un coup d'œil par la porte et j'ai vu que toutes les housses des fauteuils avaient été remplacées par les housses des grandes occasions, que les amis français de ma mère lui avaient offertes en cadeau de mariage. Les cuivres étincelaient et le casse-noix en forme de crocodile, présent du pasteur Spratt, trônait à la place d'honneur sur le manteau de la cheminée.

« Qu'est-ce que c'est que toutes ces manigances ? » me suis-je demandé. Je suis allée regarder le calendrier, mais apparemment ce n'était pas notre tour d'organiser une réunion chez nous et aucune visite de prêcheur n'était prévue pour dimanche. Je suis allée dans la cuisine où Mrs. White faisait un gâteau d'allure tristounette, une pâtisserie plate et ronde fourrée de raisins secs et tartinée de beurre.

Pendant un moment, elle ne s'est pas aperçue que j'étais là.

— Bonjour, ai-je dit. Que se passe-t-il ?

Mrs. White s'est retournée et a poussé un petit cri. « Tu n'es pas à ton cours de violon ? »

— Il a été annulé. Il y a quelqu'un d'autre ici ?

— Ta mère est sortie. Elle avait l'air un peu nerveuse, mais ça lui arrivait souvent.

— Bon, je vais promener la chienne, ai-je décidé.

— Je vais aux toilettes, a dit Mrs. White, disparaissant par la porte de derrière.

— Il n'y a plus de papier..., ai-je commencé à dire, mais c'était trop tard.

On a commencé à escalader la colline, montant de plus en plus haut jusqu'à ce que la ville apparaisse toute plate. La chienne a dévalé un fossé et j'ai essayé de retrouver des repères dans la ville, comme le cabinet du dentiste et la Rechabite Hall. Je me suis dit que j'irais peut-être voir Melanie cette nuit. J'avais confié beaucoup de choses à ma mère, mais je ne lui avais pas tout dit. J'avais le sentiment qu'elle ne comprendrait pas vraiment. De plus, je n'étais pas sûre de savoir moi-même ce qui arrivait ; pour la deuxième fois de ma vie, je connaissais l'incertitude.

L'incertitude était pour moi ce qu'Aardvaark est aux autres gens. C'était une chose bizarre dont je n'avais pas la moindre idée mais que je pouvais quand même reconnaître si on m'en montrait une image. La sensation que j'éprouvais, dans ma tête et mon ventre, était la même que celle que j'avais ressentie le jour de l'Evénement Terrible, et cette fois-là, alors que je me trouvais près de la fontaine à thé dans la sacristie, j'avais entendu Miss Jewsbury dire : « Bien sûr, ça doit être une cause de grande incertitude pour elle. » J'avais été très désorientée. L'incertitude était le lot des païens, or j'étais élue de Dieu.

L'Evénement Terrible était le jour où ma vraie mère était venue demander à me reprendre. Je me doutais bien que les circonstances de ma naissance étaient un peu bizarres, et un jour j'avais découvert mes papiers d'adoption cachés sous une pile de pantalons de flanelle dans le tiroir où on range les affaires de vacances. « C'était une question de formalités, c'est tout », avait dit ma mère, en me chassant d'un geste de la main. « Tu as toujours été à moi, tu m'as été donnée par le Seigneur. » Je n'y ai plus repensé jusqu'au jour où, un samedi, quelqu'un a frappé à la porte. Ma mère a répondu avant moi parce qu'elle était dans le salon en train de prier. Je l'ai suivie dans le vestibule.

— C'est qui, Maman ?

Elle n'a rien dit.

— C'est qui ?

— Rentre, je te le dirai après.

Je me suis éclipsée, pensant que c'était les Témoins de Jéhovah ou le représentant du Parti travailliste. Peu après, j'ai entendu des voix, des voix en colère ; ma mère avait apparemment laissé entrer le visiteur, ce qui était curieux. Elle n'aimait pas avoir de païens dans la maison. « Ça laisse une mauvaise atmosphère », disait-elle toujours.

Je me suis souvenue de quelque chose que j'avais vu Mrs. White faire lors de l'épisode de la fornication. Tout au fond de la Réserve de Guerre, derrière l'œuf séché, j'ai trouvé un verre à vin et je l'ai appliqué contre le mur. Ça a marché. J'ai entendu chaque mot. Au bout de quelques minutes, j'ai remis le verre à sa place, pris notre chienne dans mes bras et j'ai pleuré et pleuré.

Enfin, ma mère est entrée.

— Elle est partie.

— Je sais qui c'était, pourquoi tu ne m'as rien dit ?

— Ça ne te regarde pas.

— C'est ma mère.

J'avais à peine prononcé ces mots que j'ai reçu un coup qui m'a donné l'impression de m'envelopper toute la tête comme un bandage. Je me suis retrouvée par terre sur le lino à regarder le visage.

— Je suis ta mère, a-t-elle dit très calmement. Elle, c'était un ventre, un point c'est tout.

— Je voulais la voir.

— Elle est partie et elle ne reviendra jamais.

Ma mère s'est détournée et s'est enfermée dans la cuisine. Je ne pouvais ni réfléchir ni respirer, alors je me suis mise à courir. J'ai remonté en courant la longue rue interminable, avec tout en bas la ville et tout en haut la colline. C'était Pâques et la croix sur la colline se dressait immense et noire. « Pourquoi tu ne m'as rien dit ? » ai-je crié au bois peint, et j'ai frappé le bois de mes mains jusqu'à ce qu'elles retombent d'elles-mêmes. Quand j'ai regardé la ville, rien n'avait changé. De minuscules silhouettes allaient et venaient et les cheminées des usines envoyaient toujours les mêmes tranquilles signaux de fumée. Sur le terrain d'Ellison, la fête foraine avait commencé. Comment était-ce possible ? J'aurais préféré contempler une nouvelle glaciation plutôt que ces scènes familières.

Quand je suis rentrée à la maison ce jour-là, ma mère était en train de regarder la télévision. Elle n'a jamais reparlé de ce qui s'était passé et moi non plus.

Ma relation avec Melanie était quelque chose de bien plus heureux, alors pourquoi commençais-je à me sentir si mal à l'aise ? Et pourquoi ne disais-je pas toujours à ma mère où je passais la nuit ? Il était courant, dans notre église, d'aller les uns chez les autres et d'y rester des journées et des nuits entières. Jusqu'au moment où Elsie est tombée malade, j'allais très souvent chez elle et je pense qu'elle savait où j'étais, les nuits où elle ne me voyait pas arriver. Melanie et moi restions parfois ensemble chez Elsie, passant de longues nuits sans sommeil, jusqu'à ce que la lumière emplisse la fenêtre et qu'Elsie aille nous chercher du café.

« Qu'est-ce que vous pouvez bien trouver à vous dire ? » nous grondait-elle, en nous voyant bâiller et tâtonner pendant tout le petit déjeuner. « Remarquez, à votre âge, j'étais pareille que vous. »

Maintenant qu'Elsie était à l'hôpital, il fallait qu'on fasse plus attention. Une fois, Melanie est venue chez nous et ma mère a dressé très soigneusement un lit de camp dans ma chambre.

— On n'en a pas besoin, lui ai-je dit.

— Mais si, m'a-t-elle dit.

Tôt à l'aube, vers deux heures, à la fin des émissions de *L'Office du Monde*, on l'a entendue remonter lentement les escaliers pour aller se coucher. J'avais appris à me déplacer rapidement. Elle s'est tenue derrière la porte quelques instants, puis l'a brusquement ouverte. Je pouvais juste voir le galon en bas de sa robe de chambre. On n'a pas bougé et elle est partie. Sa lampe de chevet est restée allumée toute la nuit. Peu après, j'ai décidé de lui expliquer ce que je ressentais. Je lui ai expliqué à quel point j'avais envie d'être près de Melanie, que je pouvais lui parler et que j'avais besoin de ce genre d'amie. Et puis, et puis.... mais je n'avais jamais réussi à en parler et... Ma mère était restée silencieuse, hochant la tête de temps à autre, si bien que j'ai cru qu'elle comprenait un peu. Lorsque j'ai fini de parler, je lui ai donné un petit baiser, ce qui, je pense, l'a surprise un peu ; en général on ne se touchait jamais, sauf quand on était en colère. « Va te coucher maintenant », a-t-elle dit, en prenant sa Bible.

Depuis, on avait à peine parlé ensemble. Elle semblait plongée dans quelque chose et j'avais mes propres soucis. Aujourd'hui, pour la première fois, elle était redevenue elle-même, affairée, et apparemment elle avait besoin de compagnie, puisque Mrs. White était là. Je voulais savoir ce qui avait pu arriver pour qu'elle ait retrouvé son entrain, si bien que j'ai commencé à redescendre de la colline, notre chienne courant en cercles sur mes talons.

— Coucou ! ai-je lancé, en m'essuyant les pieds sur le paillasson. La maison était complètement silencieuse. Ma mère n'était pas partie depuis longtemps car sa Bible et sa Boîte de Promesses étaient posées sur la petite table du salon. Elle avait aussi sorti une promesse. J'ai regardé le bout de papier roulé en boule. *« Le Seigneur est ta force et ton bouclier. »* Le manteau de Mrs. White n'était plus là, mais elle avait laissé son torchon sur la chaise. Je l'ai rapporté à la cuisine. Il y avait un message sur le placard. *« Je suis chez Mrs. White. Viens à l'église demain matin. »*

D'habitude, ma mère n'allait jamais chez les autres gens sauf quand elle allait à Wigan pour ses affaires. Mais ça m'arrangeait ; ça me permettait d'aller chez Melanie. J'ai donné à manger à la chienne, je me suis lavée et je me suis mise en route. Comme toujours quand je n'avais pas d'argent pour payer le bus, j'ai fait les trois kilomètres à pied en passant par le cimetière et en contournant la centrale électrique.

Melanie était en train de jardiner.

— Qu'est-ce que ta mère fait ce soir ? lui ai-je demandé.

— Elle va au club et ensuite elle couche chez tante Irene.

— Qu'est-ce que tu veux faire ? ai-je continué, en arrachant quelques mauvaises herbes.

Elle m'a souri de ses beaux yeux gris chat et a tiré sur ses gants en caoutchouc.

— Je vais mettre la bouilloire à chauffer pour faire une bouillotte.

Cette nuit-là on a beaucoup parlé de nos projets. Melanie voulait réellement devenir missionnaire, même si c'était mon destin à moi.

— Pourquoi est-ce que ça ne te plaît pas ? a-t-elle voulu savoir.

— Je n'aime pas les pays chauds, c'est tout, l'an dernier, j'ai attrapé une insolation à Paignton.

On n'a plus rien dit et j'ai suivi du doigt le contour de ses os merveilleux et le triangle formé par les muscles de son ventre. Qu'y a-t-il donc dans l'intimité qui fait qu'elle dérange tant ?

Au petit déjeuner, le lendemain matin, elle m'a dit qu'elle voulait aller à l'université faire des études de théologie. Je lui ai dit que je ne croyais pas que c'était une bonne idée, à cause des hérésies modernes. Elle pensait qu'elle devait comprendre la façon dont les autres voyaient le monde.

— Mais tu sais bien qu'ils ont tort, ai-je insisté.

— Oui, mais ça peut être intéressant. Tu viens, on va être en retard à l'église. Tu ne prêches pas, si ?

— Non, ai-je dit. C'était prévu mais il y a eu un changement.

On s'est hâtées de sortir de la cuisine et je me suis tenue sur les escaliers pour l'embrasser.

— Je t'aime presque autant que j'aime le Seigneur, ai-je dit en riant.

Elle m'a regardée et ses yeux se sont assombris un instant.

— Je ne sais pas, a-t-elle dit.

Lorsqu'on est arrivées à l'église, les gens étaient au beau milieu du premier cantique. Ma mère m'a jeté un regard furibond et j'ai essayé de prendre un air contrit. On s'était glissées à côté de Miss Jewsbury qui m'a dit qu'il fallait que je garde mon calme.

— Qu'est-ce que vous dites ? ai-je chuchoté.

— Viens me parler quand ce sera fini, a-t-elle sifflé entre ses dents, mais seulement quand on sera tranquilles.

J'en ai conclu qu'elle n'était pas bien. L'église était bondée comme d'habitude et chaque fois que j'interceptais le regard de quelqu'un, ils me souriaient ou me faisaient un signe de la tête. Je me sentais heureuse. Il n'y avait aucun autre endroit au monde où j'aurais préféré être. Lorsque le cantique s'est achevé, je me suis rapprochée un peu de Melanie et j'ai essayé de me concentrer sur le Seigneur. « Pourtant », ai-je pensé, « Melanie est un don du Seigneur, et ce serait de l'ingratitude de ne pas l'apprécier. » J'étais encore plongée dans ces réflexions lorsque je me suis aperçue qu'il se passait quelque chose d'anormal. L'église était devenue très silencieuse et le pasteur se tenait sur l'estrade inférieure, ma mère à ses côtés. Elle pleurait. J'ai ressenti une douleur fulgurante contre les articulations de mes doigts ; c'était la bague de Melanie. Puis Miss Jewsbury m'a fait me lever en me disant « Reste calme, reste calme » et je me suis avancée dans l'allée avec Melanie. Je lui ai jeté un coup d'œil. Elle était pâle.

« Ces enfants de Dieu », a commencé à dire le pasteur, « ont succombé aux maléfices de Satan ».

Sa main posée sur sa nuque était lourde et brûlante. Tous les gens de l'assemblée ressemblaient à des personnages de cire.

« Ces enfants de Dieu ont succombé à leurs désirs ».

— Hé, une minute... ai-je commencé à dire, mais il ne m'a pas prêté attention.

« Ces enfants sont emplies de démons ».

Une exclamation d'horreur a parcouru l'église.

— C'est faux, ai-je crié, aussi bien pour moi que pour elle.

« Ecoutez la voix de Satan », a dit le pasteur à l'église, en me désignant du doigt. « Voyez comme les plus justes deviennent les pires de tous. »

— Mais qu'est-ce que vous racontez ? ai-je demandé, désespérée.

— Nies-tu porter à cette femme un amour qui est réservé à l'homme et à son épouse ?

— Non, oui, je veux dire, bien sûr que je l'aime.

— Je vais vous lire ce qu'a dit saint Paul, a annoncé le pasteur ; ce qu'il a fait, et il nous a lu de nombreux autres passages sur les passions contre nature et la marque du démon.

— Aux yeux des purs, tout est pur, lui ai-je crié. Le problème, c'est vous, pas nous.

Il s'est tourné vers Melanie.

— Promets-tu d'abjurer ce péché et de prier le Seigneur de te pardonner ?

— Oui. Elle tremblait sans pouvoir s'arrêter. J'ai à peine entendu ce qu'elle disait.

— Va dans le vestibule avec Mrs. White et les anciens viendront prier pour toi. Il n'est pas trop tard pour ceux qui se repentent sincèrement.

Il s'est tourné vers moi.

— Je l'aime.

— Alors tu n'aimes pas le Seigneur.

— Si, je les aime tous les deux.

— C'est impossible.

— Si, si, laissez-moi tranquille. Mais il m'a saisie par le bras et m'a retenue fermement. L'église n'acceptera pas de te voir souffrir, rentre chez toi et attends notre aide.

Je me suis précipitée dehors, folle de douleur. Miss Jewsbury m'attendait.

— Viens, a-t-elle dit avec décision, on va prendre une tasse de café et voir ce que tu vas faire. Je l'ai suivie, et je ne pensais à rien sauf à Melanie et à sa beauté.

Lorsqu'on est arrivées chez Miss Jewsbury, elle a posé brutalement la bouilloire sur le gaz et m'a poussée près du feu. Mes dents claquaient et je n'arrivais pas à parler.

— Je te connais depuis des années, tu as toujours été entêtée. Pourquoi n'as-tu pas fait un peu plus attention ?

Je me suis contentée de regarder le feu.

— Personne n'aurait jamais rien su si tu n'avais pas expliqué les choses à ta fichue mère.

— Il n'y avait aucun problème avec ma mère, ai-je murmuré mécaniquement.

— Elle est folle, a répondu Miss Jewsbury avec certitude.

— Je ne lui ai pas tout dit.

— Elle connaît la vie, même si elle ne veut jamais l'admettre devant moi. Elle sait ce que sont les sentiments, surtout les sentiments des femmes.

Je n'avais pas envie d'approfondir ce sujet-là.

— Qui nous a dénoncées ? ai-je demandé brusquement.

— Elsie, a-t-elle dit.

— Elsie ? Je n'y croyais pas, c'était un peu gros.

— Elle a essayé de te protéger et puis quand elle est tombée malade, elle m'a tout dit.

— Pourquoi ?

— Parce que c'est mon problème à moi aussi.

A ce moment-là, j'ai cru que le démon allait surgir et m'emporter. J'ai ressenti un étourdissement.

De quoi parlait-elle donc ? Melanie et moi étions à part.

— Bois. Elle m'a donné un verre. C'est du cognac.

— Je crois qu'il va falloir que je m'allonge, ai-je dit faiblement.

Je ne sais pas combien de temps j'ai dormi, les rideaux étaient tirés et j'avais l'impression que mes épaules pesaient très lourd. D'abord je n'ai pas pu me souvenir pourquoi j'avais mal à la tête, puis quand la panique que je ressentais au creux du ventre s'est dissipée, j'ai repensé aux événements de ce matin.

Miss Jewsbury est entrée.

— Ça va mieux ?

— Pas terrible, ai-je soupiré.

— Ça peut peut-être arranger les choses, a-t-elle dit, en commençant à me caresser la tête et les épaules. Je me suis tournée pour qu'elle puisse atteindre mon dos. Sa main s'est glissée de plus en plus bas. Elle s'est penchée sur moi ; je sentais son souffle dans mon cou. Brusquement je me suis tournée et je l'ai embrassée. Nous avons fait l'amour et j'ai haï, haï ce que je faisais, mais je n'ai pas voulu m'arrêter.

Au matin, je me suis glissée chez moi. J'avais prévu d'aller directement à l'école en espérant que personne ne remarquerait rien. Je pensais que ma mère serait couchée. Mais je me trompais. Il flottait une forte odeur de café et on entendait des voix dans le salon. Je suis passée sur la pointe des pieds et j'ai compris qu'ils s'étaient réunis pour prier. J'ai préparé mes affaires, j'étais prête à partir. Ils m'ont attrapée au moment où je sortais.

— Jeanette, s'est écrié l'un des anciens, en me tirant dans le salon. Nos prières sont exaucées.

— Où étais-tu la nuit dernière ? a demandé ma mère d'un ton maussade.

— Je ne m'en souviens pas.

— Je parie que c'était chez cette Miss Jewsbury.

— Oh, elle n'est pas sainte, a glissé Mrs. White.

— Non, leur ai-je dit, je n'étais pas chez elle.

— Ça n'a pas d'importance, si ? a insisté le pasteur. Elle est là maintenant, et il n'est pas trop tard.

— Il faut que j'aille en cours.

— Pas question, sûrement pas, a dit le pasteur en souriant. Viens t'asseoir.

D'un air absent, ma mère m'a passé une assiette de biscuits. Il était huit heures et demie du matin.

Il était dix heures du soir lorsque les anciens sont

rentrés chez eux. Ils avaient passé toute la journée à prier pour moi, à m'imposer leurs mains et à me presser de me repentir de mes péchés devant le Seigneur. « Renonce à elle, renonce à elle, » disait constamment le pasteur, « ce n'est que le démon. »

Ma mère versait des tasses de thé et oubliait de laver les tasses sales. Le salon était plein de tasses; Mrs. White s'est assise sur l'une d'entre elles et s'est coupée, quelqu'un d'autre a renversé la sienne, mais ils ne sont pas arrêtés. Je ne pouvais toujours pas réfléchir, je ne voyais que le visage et le corps de Melanie, et parfois la silhouette de Miss Jewsbury se penchant sur moi.

A dix heures du soir, le pasteur a poussé un grand soupir et m'a offert une dernière chance.

— Je ne peux pas, ai-je dit. Je ne peux pas, et c'est tout.

— Nous reviendrons après-demain, a-t-il confié à ma mère. Entre-temps, ne la laissez pas sortir de cette pièce, et ne lui donnez rien à manger. Il faut qu'elle perde de sa force avant de pouvoir s'en rendre maître à nouveau.

Ma mère a hoché la tête, encore et encore et encore, et m'a enfermée à clé. Elle m'a bien donné une couverture, mais elle a retiré l'ampoule électrique. Au cours des trente-six heures qui ont suivi, j'ai pensé au démon et à d'autres choses aussi.

Je savais que les démons se servent de nos points faibles pour s'emparer de nous. Si j'avais un démon, mon point faible était Melanie, mais elle était belle et bonne et elle m'aimait.

L'amour peut-il réellement appartenir au démon?

Quelle sorte de démon était-ce? Le démon brun qui vous fait un bruit de crécelle à l'oreille? Le démon rouge qui danse au son des cornemuses? Le démon de l'eau qui provoque la maladie? Le démon orange qui vous dupe? Tout le monde a un démon, tout comme les chats ont des puces.

« Ils se trompent de cible, ai-je pensé. S'ils veulent s'emparer de mon démon, il faudra qu'ils s'emparent de moi. »

J'ai pensé à William Blake.

« Si je les laisse chasser mes démons, je devrai abandonner ce que j'ai découvert. »

« Ça, c'est impossible », a dit une voix près de mon coude.

Appuyé contre la petite table se trouvait le démon orange.

« Je suis devenue folle », ai-je pensé.

« C'est bien possible », a acquiescé le démon d'un ton égal. « Autant en tirer parti au maximum. »

Je me suis adossée lourdement au canapé. « Que veux-tu ? »

« Je veux t'aider à décider ce que tu veux. » La créature a sauté sur le manteau de la cheminée et s'est assise sur le crocodile en cuivre du pasteur Spratt.

« Tout le monde a un démon, comme tu viens très justement de le remarquer », a commencé à dire la créature, « mais tout le monde ne le sait pas, et tout le monde ne sait pas comment s'en servir ».

« Les démons sont maléfiques, non ? » ai-je demandé, inquiète.

« Pas vraiment, simplement ils sont différents et ils sont difficiles à tenir. Tu sais ce qu'est une aura ? »

J'ai hoché la tête pour faire signe que oui.

« Eh bien, le démon dont tu hérites dépend de la couleur de ton aura ; par exemple la tienne est orange, et c'est pour ça que tu m'as. Celle de ta mère est brune, c'est pour ça qu'elle est si bizarre, quant à Mrs. White, on ne peut pas dire qu'elle soit un démon du tout. Les démons vous permettent de rester entiers, mais si vous nous ignorez, vous risquez de finir en deux morceaux, ou en mille morceaux, tout ça fait partie du paradoxe. »

« Mais dans la Bible on n'arrête pas de vous chasser. »

« Il ne faut pas croire tout ce que tu lis. »

J'ai commencé à me sentir mal à nouveau. J'ai enlevé mes chaussettes et enfoncé mes orteils dans ma bouche pour me réconforter. Ils avaient le goût des biscuits digestifs. Ensuite, je me suis approchée de la fenêtre et j'ai fait éclater quelques-uns des boutons de géranium pour les entendre claquer. Quand je me suis rassise, le démon brillait d'un éclat très vif et il était en train de polir le crocodile avec son mouchoir.

« De quel sexe es-tu ? »

« Ça n'a aucune importance, si ? Après tout, c'est ton problème. »

« Si je te garde, que se passera-t-il ? »

« Tu connaîtras des expériences différentes et difficiles. »

« Ça en vaut la peine ? »

« C'est à toi de décider. »

« Est-ce que je garderai Melanie ? »

Mais le démon avait disparu.

Lorsque le pasteur et les anciens sont revenus, j'étais calme, joyeuse et prête à obéir.

— Je me repentirai, ai-je dit, dès qu'ils sont entrés dans le salon. Le pasteur a eu l'air surpris.

— Tu en es sûre ?

— Oui.

Je voulais en finir aussi vite que possible ; de plus, je n'avais pas mangé depuis deux jours. Tous les anciens se sont agenouillés pour prier et je me suis agenouillée avec eux. L'un d'entre eux s'est mis à parler en plusieurs langues et à ce moment-là j'ai ressenti un picotement dans la nuque.

« Va-t'en », ai-je sifflé. « Ils vont te voir. » J'ai ouvert un œil pour regarder.

« Pas eux », a répondu le démon, « ils parlent beaucoup mais ils ne voient rien ».

« Je ne me débarrasserai pas de toi, ça me paraît être la meilleure solution. »

« Oh très bien », a roucoulé le démon, « je ne faisais que passer. »

A ce moment-là, tous les anciens étaient en train de chanter *Quel ami nous avons en Jésus* et je me suis dit qu'il valait mieux me joindre à eux. Tout a été terminé très vite et entre-temps ma mère avait mis un rôti au four.

— J'espère que tu témoigneras dimanche, a dit le pasteur, en m'étreignant.

— Oui, ai-je dit, écrabouillée. Que va faire Melanie ?

— Elle est partie pour le moment, a glissé Mrs. White. Pour se remettre. Tu verras qu'elle ira beaucoup mieux dans quelques semaines.

— Où est-elle allée ? ai-je demandé.

— Ne t'inquiète pas, a dit le pasteur d'un ton apaisant. Elle sera en sécurité avec le Seigneur.

Dès qu'ils sont partis, je suis allée tout droit chez Miss Jewsbury.

— Vous savez où elle est ?

Elle a ouvert la porte en grand.

— Je te le dirai dans un petit moment.

Melanie était chez des parents à Halifax. J'ai dit à ma mère que je devais passer la nuit à l'église. Elle a eu l'air de comprendre et j'ai fait faire quarante kilomètres à Miss Jewsbury pour qu'elle m'amène où je voulais aller.

— Vous reviendrez me chercher à sept heures demain matin ?

Elle a opiné de la tête, en se mordant la lèvre.

— Vous savez qu'il faut que je la voie, débrouillez-vous pour que personne ne s'aperçoive de rien.

Dès que l'obscurité a commencé à tomber, j'ai sonné à la porte.

— Est-ce que Melanie est là ? ai-je demandé à la dame. Je suis son amie de l'école.

— Oui, entrez.

— Non, merci, je veux juste lui transmettre un message, si elle veut bien venir. Melanie est venue à la porte. Lorsqu'elle m'a vue, elle a essayé de la refermer.

— Il faut que je te parle, l'ai-je suppliée. Monte dans

une demi-heure environ, moi je vais monter tout de suite et je t'attendrai. Elle a hoché la tête et m'a laissée me glisser à l'intérieur. Je l'ai entendue dire au revoir d'une voix bien distincte, puis fermer la porte. Personne n'a semblé s'en émouvoir.

C'était un moment de crise et je me suis de nouveau endormie.

Devant moi s'étendait une grande arène de pierre, effondrée en certains endroits, mais dont on distinguait encore nettement la forme circulaire. A l'extrémité opposée, des charretées d'hommes et de femmes étaient déversées sur l'herbe ; la plupart étaient mutilés, tous portaient un numéro autour du cou et j'ai entendu un garde dire : « Voici votre nouvelle adresse. » Les prisonniers étaient très dociles et se sont dirigés sans résister vers une lourde tour de pierre. Dans la tour, il y avait de petits recoins marqués de numéros qui correspondaient aux numéros accrochés au cou des prisonniers. Au milieu de la tour s'élevait un escalier en colimaçon tout en fer ; j'ai commencé à le gravir, avec de nombreuses autres personnes, mais chaque fois que nous passions devant l'un des recoins, son propriétaire essayait de nous repousser. Il ne restait plus que moi lorsque je suis arrivée tout en haut de l'escalier, devant une porte de verre. Sur la porte, il y avait l'inscription suivante : LIBRAIRIE : OUVERT. Je suis entrée ; il y avait une femme assise au comptoir, des acheteurs et des lecteurs et une équipe de jeunes femmes occupées à traduire *Beowulf*.

« Bonjour », a dit l'assistante. « Vous pourriez peut-être commencer comme lectrice et ensuite vous remplacerez l'une des filles lorsque ce sera le moment de changer ? »

« Où suis-je ? »

« Vous êtes là où se trouvent tous ceux qui ne peuvent pas prendre la décision ultime. Ceci est la cité des Chances Perdues, et cette pièce, la Salle de la

Déception Finale. Vous voyez, vous pouvez monter aussi haut que vous le souhaitez, mais si vous avez déjà commis l'Erreur Fondamentale, vous vous retrouvez ici, dans cette pièce. Vous pouvez changer de rôle, mais jamais de condition. Il est trop tard maintenant, et, tiens, chouette, je vais devenir acheteuse. »

— Jeanette, a dit Melanie, je crois que tu as de la fièvre.

Elle était assise à côté de moi et buvait une tasse de thé. Elle avait l'air fatiguée et chiffonnée comme un ballon plein d'air usé. J'ai touché sa joue mais elle a fait la grimace et s'est écartée.

— Qu'est-ce qu'ils t'ont fait ? ai-je demandé.

— Rien, je me suis repentie et ils m'ont dit que je devrais essayer de partir une semaine. Nous ne devons pas nous voir, c'est mal.

Elle a commencé à tripoter l'édredon et j'ai senti que je ne pouvais plus supporter tout cela. Je crois que nous nous sommes endormies à force de pleurer, mais à un moment dans la nuit j'ai tendu la main vers elle et je l'ai embrassée et embrassée jusqu'à ce qu'on soit toutes les deux baignées de sueur et de larmes, nos corps entremêlés, nos visages gonflés. Elle dormait encore lorsque j'ai entendu Miss Jewsbury klaxonner.

Après ça, j'ai attrapé une mononucléose.

« Ce sont ses Humeurs », a décrété ma mère.

En tout cas, les Fidèles étaient convaincus que Dieu me purifiait de tous mes démons et il ne faisait aucun doute que l'église m'accueillerait de nouveau en son sein dès que je serais guérie.

« Le Seigneur pardonne et oublie », m'a dit le pasteur.

C'est peut-être vrai pour le Seigneur, mais ça ne l'a pas été pour ma mère. Tandis que j'étais couchée, frissonnante, dans le salon, elle a passé ma chambre au peigne fin, elle a trouvé toutes les lettres, toutes les cartes, tout ce que j'avais écrit et elle les a brûlés un soir dans l'arrière-cour. Il y a différentes sortes de trahisons, mais la trahison reste une trahison, où que vous la rencontriez. Ce soir-là, elle a brûlé bien plus que des lettres. Je ne crois pas qu'elle le savait. Dans son esprit, elle était toujours la reine, mais elle n'était plus ma reine, elle n'était plus la Reine Blanche. Les murs protègent et les murs limitent. Il est dans la nature des murs de s'effondrer. Et si les murs s'effondrent, c'est parce que vous avez fait sonner votre propre trompette.

La Cité Interdite gît mise à sac désormais et les Tours sans sommets ont toutes disparu. Seul un jet de pierre sépare le Prince Noir d'Amiens et, maintenant, un petit caillou suffit à abattre un guerrier. Les vieillards qui bavent et se pelotonnent sur l'un de ces bancs vous diront où se dressait jadis la maison de leur bien-aimée, vous diront comment poussait son jardin, et comment, chaque jour, ils se frayaient un chemin jusqu'à sa porte.

Elle avait un cœur de pierre.

Qui jettera la première pierre ?

A l'endroit où le monde se termine, à l'est, tu trouveras un lion de pierre, et à l'ouest, un griffon fait de pierre. Au coin du nord, une tour de pierre te défiera, et au sud, tes pieds trouveront une plage de poussière. N'aie pas peur. Ce sont les anciens. Ils sont patinés et sages, respecte-les, mais ils ne sont pas la substance éternelle. Le corps qui contient un esprit est le seul vrai dieu.

Il est dans la nature de la pierre de recouvrir l'os.

Un jour ou un autre, un choix devra être fait : toi, ou le mur.

Humpty Dumpty était assis sur le mur. Humpty Dumpty est tombé du mur.

La Cité des Chances Perdues est pleine de ceux qui ont choisi le mur.

Tous les chevaux du roi et tous les gens du roi.
N'ont pu recoller Humpty Dumpty.
Faut-il donc errer sans protection à travers la terre ?
Il faut distinguer le cercle de craie du mur du pierre.
Faut-il donc vivre sans foyer ?
Il faut distinguer la physique de la métaphysique.
Cependant, bien des principes sont les mêmes.
C'est vrai, mais dans les cités de l'intérieur toutes les choses sont changées.
Un mur pour le corps, un cercle pour l'âme.

— Tiens, m'a dit ma mère, me donnant un coup brusque dans les côtes. Je t'ai apporté des fruits. Tu délires de nouveau.

C'était une coupe d'oranges.

J'ai pris la plus grosse et j'ai essayé de la peler. La peau a résisté et bientôt je me suis retrouvée haletante, énervée et vaincue. Pourquoi pas des raisins ou des bananes ? Finalement j'ai réussi à retirer la peau et, prenant le fruit entre mes deux mains, comme dans une coupe, je l'ai ouvert en deux.

« Ça va mieux ? » Assis au milieu se trouvait le démon orange.

« Je vais mourir. »

« Non, pas toi, en fait tu es en train de guérir, mis à part quelques hallucinations sans importance, et souviens-toi, tu as fait ton choix maintenant, tu ne peux pas revenir en arrière. »

« Qu'est-ce que tu racontes ? Je n'ai fait aucun choix. » J'essayais tant bien que mal de m'asseoir.

« Attrape », a dit le démon en disparaissant. Dans ma main j'ai trouvé un caillou brun et rugueux.

Lorsque l'été est arrivé, j'étais redevenue moi-même. Melanie était partie avant la rentrée universitaire et je préparais mes sermons pour une mission qu'on voulait organiser à Blackpool, et qui devait se dérouler sous un chapiteau. Personne n'a reparlé de l'Incident et personne n'a paru remarquer que Miss Jewsbury et son hautbois étaient partis. Ma mère passait le plus clair de son temps à chanter *Rentrons les gerbes de blé* et à collecter les boîtes de conserves pour la Fête des Moissons. Elle ne voulait pas de denrées périssables à cause de l'Holocauste et elle avait fait campagne pour persuader les autres femmes de l'église d'aider à créer une Réserve de Guerre géante qui serait cachée sous la sacristie. « Elles me remercieront lorsque l'heure sera venue », disait-elle toujours.

Par un dimanche ensoleillé, on s'est entassés dans le bus et on est partis pour Blackpool.

— Je voudrais qu'Elsie soit là avec son accordéon, a soupiré Mrs. Rothwell.

— Elle est mieux là où elle est, a répondu ma mère plutôt sèchement.

D'habitude, je n'aurais prêté aucune attention à ces remarques, mais maintenant je ne me sentais plus si sûre. J'avais souvent pensé à l'interroger, à essayer de lui faire dire comment elle voyait le monde. J'avais imaginé qu'elle et moi voyions les choses exactement de la même façon, alors que pendant tout ce temps, nous étions en réalité sur des planètes différentes. Je suis allée m'asseoir au fond pour aider May à remplir ses bulletins de pari pour le football. Ma mère a clairement été offensée par mon départ et s'est absorbée dans la lecture de sa revue *L'Union de l'espoir*.

— C'est un drôle de numéro ta mère, a dit May avec aigreur. J'étais plutôt d'accord avec elle maintenant.

Notre première réunion, ce soir-là, a été couronnée de succès.

Je prêchais et comme d'habitude, beaucoup de gens ont trouvé le Seigneur.

— Elle n'a rien perdu de ses dons, pas vrai ? a dit May en souriant à ma mère.

— Je l'ai rattrapée à temps, voilà pourquoi ; c'est tout ce que ma mère a trouvé à dire, puis elle est retournée à la maison d'hôtes. Quelques autres personnes sont parties en même temps qu'elle, mais ceux qui étaient restés ont décidé de célébrer le Seigneur. Nous avons sorti les tambourins et les partitions et avons chanté ses louanges jusque tard dans la nuit. Vers onze heures du soir, le rabat de toile à l'entrée du chapiteau s'est gonflé et nous avons entendu un grand bruit dans le champ au-dehors.

— C'est le Saint-Esprit, s'est écriée May.

— D'après ce que j'entends, ça ne m'a pas l'air saint, a déclaré Mrs. White.

— Qu'allons-nous faire ? m'a murmuré l'une des nouvelles converties. J'ai passé mon bras autour d'elle. Elle était toute douce.

— Je vais aller voir, ai-je dit pour rassurer tout le monde.

— Si c'est le Seigneur, ne regarde pas, m'a conseillé May tandis que je disparaissais de l'autre côté du rabat.

Ce n'était pas le Seigneur mais cinq pensionnaires en colère qui logeaient dans la maison d'hôtes voisine. Ils portaient des lanternes et quelques feuilles de papier qu'ils m'ont agitées sous le nez.

— C'est vous la responsable ?

— Oui, d'une certaine façon. Je dirige la réunion de prière, entrez. Ils m'ont suivie dans le chapiteau.

— On s'en fiche de votre réunion de prière... a commencé à dire l'un d'entre eux.

— Que le Seigneur t'anéantisse, a craché Mrs. Rothwell, qui venait juste de se réveiller.

— Par contre, et ça on ne s'en fiche pas, a-t-il poursuivi, en nous regardant d'un air furieux, c'est qu'on veut dormir tranquillement. On est en vacances, alors, un tas de grenouilles de bénitier en train de taper sur des trucs et de faire un ramdam à réveiller les morts, très peu pour nous !

— Au jour du Jugement dernier les morts se lèveront et vous, vous serez avec les chèvres, a dit May avec mépris.

— Vous allez m'écouter, vous. L'un des autres s'est avancé en lui montrant son papier. Ça, c'est le règlement intérieur de la maison d'hôtes et c'est écrit, pas de bruit après onze heures du soir. Et ici, vous êtes sur un terrain qui appartient à la maison d'hôtes.

— Venez vous joindre à nous, ai-je proposé.

— Ecoutez, on travaille toute l'année à la fabrique de cordes dans cette merde de ville de Wakefield et si on vient ici, c'est pour avoir un peu la paix, alors ou bien vous arrêtez, ou bien ce sont les flics qui vous arrêtent. Il y a eu un moment de silence, puis : Bon, allez les gars, on retourne se pieuter.

— Eh bien ? a chuchoté Mrs. White.

— Il n'y a rien à faire, ai-je dit. On recommencera demain, partons. Les Fidèles ont donc mis fin à leur liesse en me laissant, moi et la nouvelle convertie, Katy, éteindre les lanternes derrière eux.

Lorsque je suis rentrée à la maison d'hôtes où ma mère et moi avions loué des chambres, elle était au lit, calée contre son oreiller, en train de lire le nouveau livre que lui avait envoyé le pasteur Spratt. Il était intitulé *Ces contrées où nul homme blanc ne s'aventure*.

— Tu sais quoi ? a-t-elle dit, ils ont donné à des souris blanches la nourriture des Indiens et elles sont toutes mortes.

— Et alors ?

— Et alors, ça prouve juste que le Seigneur prend soin des pays chrétiens.

— Je ne crois pas qu'elles auraient plus de chances de survivre si on leur donnait du ragoût aux patates.

— Oh et puis flûte, remercie le Seigneur de Sa bonté, et maintenant je veux dormir. Elle a éteint sa loupiote et elle a commencé à ronfler.

Quant à moi, j'avais d'autres chats à fouetter.

Le lendemain, on devait tous se retrouver au pied de la tour afin de distribuer des prospectus pour la réunion du soir. May avait sa grande pancarte de femme-sandwich sur laquelle il était inscrit : CHERCHEZ LE SEIGNEUR PENDANT QU'IL EST ENCORE TEMPS. On s'est bien débrouillés, pour une distribution de prospectus, on a fait trois conversions dans la rue et quelques personnes ont promis de revenir le soir même.

— Après-midi libre pour tout le monde, a dit le pasteur.

— Si on allait au zoo ? a proposé May gaiement. J'ai envie de voir les petits singes.

— Elle vient visiter la tour avec moi, a annoncé ma mère sèchement, il y a une exposition sur les grandes stars de cinéma.

— Je vais faire un tour sur la promenade, leur ai-je dit à toutes les deux et je suis partie.

Katy dans une chaise longue se prélasse.

Katy dore au soleil en léchant une glace.

— Salut. Je me suis assise à côté d'elle. Tu es en vacances près d'ici ?

— Non, je suis venue par le tram, je me suis dit que ça valait mieux pour arriver à l'heure ce soir.

— Tu n'habites pas très loin de notre église, si ?

— Non, j'habite à Oswaldtwistle, on peut y aller en bus.

— Bon, on se reverra alors.

Elle m'a regardée un instant et j'ai pensé qu'il valait mieux que j'aille vérifier que tout était en ordre dans le chapiteau évangélique...

La semaine avait été fructueuse. Bon nombre des âmes qui avaient trouvé le Seigneur habitaient près de notre église principale, et celles qui venaient de loin avaient reçu des lettres de recommandation pour se présenter à leur lieu de réunion le plus proche. Le dernier jour de notre campagne, on a organisé une célébration en plein air sur la plage, et ça aurait été une conclusion idéale si Mrs. Rothwell n'était pas partie toute seule de son côté pour communier avec l'Esprit. Elle était vieille et sourde et si absorbée qu'elle ne s'est pas aperçue que la marée était en train de monter.

— Tout le monde est là ? Le pasteur nous comptait tandis qu'on montait dans le bus. Qui a le drapeau ?

— C'est moi, a crié May dont le siège était juste au-dessus d'une des roues.

— C'est bon alors ? a demandé Fred, le chauffeur qu'on avait engagé.

— Il manque Mrs. Rothwell. Alice a désigné du doigt son siège vide.

On a regardé autour de nous, et par miracle on a juste eu le temps d'apercevoir le bras de Mrs. Rothwell qui s'agitait tandis qu'elle s'enfonçait sous les vagues.

— Elle nous fait signe ? a demandé May avec anxiété.

— Elle a plutôt l'air d'être en train de se noyer, oui, s'est exclamé Fred, arrachant sa veste et sa cravate. Ne vous en faites pas, j'ai gagné toutes les médailles aux scouts quand j'étais jeune.

Et il s'est rué dans les rouleaux. Aussitôt le pasteur a fait signe à tout le monde de chanter une prière et Mrs. White a commencé avec *Nous avons une ancre*. On était à peine arrivés au troisième vers que Fred est réapparu, portant Mrs. Rothwell sur son épaule.

— Fred, on voit ses dessous, a dit ma mère d'un ton désapprobateur, en arrangeant Mrs. Rothwell du mieux qu'elle pouvait.

— Zut pour ses dessous, et mes chaussures en daim bleu alors ?

Elles étaient complètement gâtées.

— Est-elle toujours parmi nous ? a interrompu le pasteur avec impatience.

— Oh oui, oui, a gémi la voix de Mrs. Rothwell

quelque part vers le milieu du dos de Fred. Cette fois-ci j'ai bien cru que j'allais voir la gloire du Seigneur.

— Mais vous étiez en train d'appeler à l'aide.

— Pas du tout, je vous disais au revoir.

— Je vous avais bien dit qu'elle nous faisait signe.

— Donnez-lui une serviette, a réprimandé le pasteur, et puis ce pauvre monsieur va nous ramener chez nous.

Fred a regagné le bus dans un bruit de succion en marmottant quelque chose à propos d'un dédommagement et en disant qu'il ne voyait pas pourquoi il s'était donné du mal après tout ; puis, dans une soudaine vague de fatigue, on est partis.

La Fête des Moissons est venue puis repartie ; ma mère avait collecté un nombre record de conserves pour la Réserve de Guerre et il lui restait plein de surplus à distribuer aux pauvres. Mais ça n'a pas fait le bonheur de tout le monde.

— Qu'est-ce que vous voulez que je fasse de quatre boîtes de cerises noires et de châtaignes d'eau en saumure ? a grommelé Nellie, la dame aveugle, lorsque mon père lui a apporté son panier. Autrefois on nous donnait du pain, des fruits et un peu de bons légumes. Tout ça, c'est encore des idées modernes.

Lorsque ma mère a su ce qu'elle avait dit, elle a été furieuse et elle a rayé Nellie de la liste des gens pour lesquels elle priait. Mais mon père l'a rajoutée sur la sienne, si bien qu'elle n'a pas été oubliée quand même. Puis, le vent s'est mis à souffler plus fort et les nuits à rallonger, et on a commencé à réfléchir à la Nativité et à la meilleure façon d'expliquer le message de Noël. Comme toujours, on allait participer financièrement à la crèche de la mairie et nous réunir sous le sapin Païen pour chanter des chants de Noël. Ça voulait dire qu'il fallait qu'on répète régulièrement avec l'Armée du

Salut, ce qui causait toujours un problème parce que nos joueurs de tambourin perdaient invariablement le rythme. Cette année, le Général nous a demandé si on ne préférait pas se contenter de chanter.

— Mais les tambourins ont un son tellement gai, lui a fait remarquer May.

Lorsque le Général s'est risqué à suggérer une interprétation moins que littérale de ce psaume, il y a eu un scandale. Au début, on a parlé d'hérésie. Puis, d'incorrection. Puis de dissension dans notre église. Certains comprenaient bien la justesse de la proposition, d'autres étaient outragés. On a discuté jusqu'à la distribution du thé et des petits gâteaux, puis le Général a pris sa décision. Tous ceux qui voulaient jouer du tambourin pouvaient le faire dans leur propre église, mais pas au cours de ses répétitions, et pas pendant les chants de Noël.

— Dans ce cas, je m'en vais, a dit May.

On s'est regardés.

— On s'en va tous, ai-je dit au Général. Merci pour le thé.

Sous le porche dans la Salle de Réunion des Quakers, nous avons trouvé May en pleurs.

— Allons, ne pleurez pas. Quelqu'un a passé son bras autour de ses épaules.

— Ce n'est pas grave.

— Ce n'est que l'Armée du Salut, on n'a pas besoin d'eux.

— Allons chez moi, a proposé Mrs. White, et réfléchissons à un plan.

Ce soir-là, chez Mrs. White, on était sûrs d'être guidés par le Seigneur; la chorale des Sœurs et la chorale masculine se joindraient à nous, on s'installerait devant la mairie et on irait même chanter dans les rues et les passages. On avait quatre joueurs de tambourin qui avaient tous appris avec May et il y avait aussi ma guitare et ma mandoline, et peut-être même l'harmonium de ma mère, si le froid ne le grippait pas.

— On n'a pas besoin de leurs trompettes de toute façon.

Il a ensuite fallu décider qui écrirait le scénario de la pièce de la Nativité. A l'unanimité, on a choisi ma mère, à cause de son éducation.

— Elle est imbattable en calcul, a dit May avec admiration.

Ma mère a rougi, a dit qu'elle ne pouvait pas accepter et a accepté. Elle a acheté du papier machine et un nouveau dictionnaire et nous a dit à mon père et moi qu'il faudrait qu'on se débrouille. Elle avait un travail à accomplir pour le Seigneur. Le lendemain, pendant tout la journée, elle a griffonné et soupiré dans le salon, entourée de sandwiches au fromage et d'images représentant Bethléem en hiver. A quatre heures, elle m'a fourré une enveloppe rebondie dans les mains et m'a dit de l'envoyer par avion.

— C'est le dernier jour pour que ça parvienne au pasteur Spratt. Puis elle est partie.

J'étais trop occupée à enseigner la doctrine à ma classe d'étude de la Bible pour prêter beaucoup d'attention à ma mère. Katy venait à notre église depuis sa conversion cet été et il s'était avéré qu'elle apportait beaucoup de dynamisme. Elle était pour moi une aide précieuse et elle tapait souvent mes sermons quand ils devaient être inclus dans la circulaire régionale. Je n'avais pas vu le démon orange depuis très longtemps et je pensais que ma vie avait repris un cours normal.

Bientôt, le dimanche de la représentation de la pièce de la Nativité est arrivé. Les enfants avaient répété des semaines durant et mon père avait construit les décors. Ma mère avait un chapeau neuf et j'étais assise à côté de Katy, avec à la main les pancartes de souffleur. L'église était pleine de Païens qui étaient venus voir jouer leur progéniture. Même Mrs. Arkwright de la boutique d'insecticides était là. « Le petit âne » s'est déroulé normalement, et la première scène, « Plus de place à l'auberge », était commencée, lorsque la porte latérale s'est ouverte et qu'une silhouette s'est glissée dans l'église, en essayant de ne pas faire de bruit. J'ai cligné des yeux dans la pénombre ; la silhouette m'était familière.

— Oh Joseph, nous allons devoir dormir dans l'étable.

Il y avait quelque chose, dans sa façon de s'asseoir...

— Ne t'inquiète pas Marie, nous ne sommes pas seuls dans la difficulté.

Le halo de ses cheveux se distinguait plus nettement tandis que les bergers allaient et venaient avec leurs lanternes.

La dernière phrase que j'ai entendue ce soir-là était : « Ne crains rien, je t'apporte la nouvelle d'une grande joie. » Au fond de l'église, il y avait Melanie.

Dès que le service a été terminé, j'ai laissé ma mère à son triomphe et suis rentrée à la maison. Je tremblais de peur. Pour moi, Melanie était morte. Personne ne parlait jamais d'elle et comme sa mère ne venait jamais à l'église, il n'y avait pas besoin de s'en souvenir. A neuf heures, quelqu'un a frappé à la porte. Je savais bien qui, mais j'ai prié pour qu'il s'agisse de petits chanteurs de Noël et, pleine d'espoir, je suis allée répondre, avec quelques pièces de monnaie toutes préparées.

— Salut, a-t-elle dit. Je peux entrer ?

Je me suis écartée pour la laisser passer. Elle avait grossi un peu et avait l'air tout à fait sereine. Dans la demi-heure qui a suivi, elle m'a parlé de ses études, de ses amis, de ses projets. Est-ce que j'aimerais venir faire une promenade avec elle un de ces jours ?

Non.

Elle m'a dit que sa mère allait bientôt déménager, très loin dans le sud. C'étaient les derniers jours qu'elle habitait derrière la centrale électrique. Il faudrait que je vienne dire au revoir à sa mère.

Non.

Enfin, elle a mis ses gants et son béret et très légèrement m'a embrassée pour me dire au-revoir. Je n'ai rien ressenti. Mais quand elle est partie, je me suis assise, le menton sur les genoux et j'ai supplié le Seigneur de me libérer.

Heureusement, on avait beaucoup à faire. Le lendemain, on devait tous aller à la mairie chanter, avec la permission de l'Armée du Salut. Au début, tout s'est très bien passé. May avait acheté des rubans neufs pour son tambourin et ma mère jouait de l'harmonium sous un immense parapluie de pêcheur vert que lui avait prêté l'Association des Pêcheurs Chrétiens.

— Si on chantait *Le houx et le lierre* ?

— Trop païen.

— Et *Les Rois-Mages* ?

— Tu commences, alors.

On a chanté. On a attiré une foule nombreuse ce jour-là. Certains venaient juste pour rire, mais la plupart ont glissé une pièce dans la boîte et ont chanté avec nous les airs qu'ils connaissaient. J'ai aperçu Melanie qui tenait à la main un bouquet de gui. Elle m'a fait signe par-dessus les têtes des gens, mais j'ai fait semblant de ne pas la voir. Puis l'Armée du Salut est arrivée et a commencé à installer ses lutrins. Ils avaient apporté leur tambour. Les gens ont regardé et attendu, et au bout de dix minutes il y a eu deux groupes de chanteurs en même temps. Ma mère s'est échinée et essoufflée tout ce qu'elle pouvait sur son harmonium et May a frappé son tambourin si fort qu'elle a fendu la peau. Tous les gens qui se tenaient autour de l'orgue de Barbarie près du marché aux poissons se sont précipités pour voir ce qui se passait. Puis quelqu'un a pris une photo.

— C'est ce foutu tambour, a ahané May. On ne gagnera pas.

Il y a eu des murmures de notre côté, puis on a tous décidé d'aller chez Trickett pour se réchauffer. Lorsque notre groupe est entré, Mrs. Clifton était assise toute seule devant sa théière.

— Ça ne vous ennuie pas si je m'installe ici ? a haleté May, en s'asseyant d'autorité sur un des tabourets.

— J'allais partir de toute façon, a dit Mrs. Clifton, en ramassant ses sacs en plastique de chez Marks & Spencer. Allez, viens Toto. Elle et son pékinois se sont éloignés en trottinant.

— Tu parles d'une prétentieuse, a dit May en reniflant. Dis donc, Betty, sers-nous du Horlicks et donne-moi un bout de scotch pour réparer ce fichu truc. Elle a agité son tambourin fendu en deux.

— J'étais bien tranquille, a dit Betty d'un ton indigné tandis qu'on se déversait dans le minuscule café. Ce sera du thé pour tout le monde et je vous préviens, je ne sers pas de repas.

Lorsque ma mère est arrivée avec son parapluie et l'harmonium, j'ai pensé qu'il valait mieux que je parte. Sur le chemin vers l'arrêt de bus, j'ai senti une main se poser sur mon épaule et j'ai vu Melanie, toujours sereine et souriante, qui allait prendre le même bus que moi.

— Tu veux une orange? a-t-elle proposé tandis qu'assises l'une contre l'autre, on restait là sans mot dire. Elle a commencé à la peler. J'ai saisi son bras.

— Non, ne la pèle pas. Je vais bientôt prendre le thé. Ne la gaspille pas.

De nouveau elle a souri et s'est mise à parler de choses et d'autres, jusqu'à ce qu'enfin, on arrive à mon arrêt; le sien était encore à des kilomètres de là. Je me suis levée d'un bond, ai jailli hors du bus et suis partie en courant aussi vite que je pouvais, tandis que Melanie me regardait d'un air bienveillant depuis l'étage supérieur du bus.

Je devais diriger l'étude de la Bible ce soir-là, malgré ma soudaine nervosité et mon inquiétude à l'idée de tomber de nouveau malade. Katy était là, elle a vu mon visage troublé et a voulu m'aider.

— Viens chez moi ce week-end, a-t-elle proposé, il faudra qu'on dorme dans la caravane, mais il ne fera pas froid. Je n'étais allée chez personne depuis longtemps. Je me suis dit que ça me ferait peut-être du bien.

Sur les rives de l'Euphrate se trouve un jardin ingénieusement ceint de murs. Il y a une entrée, mais elle est gardée. Il t'est impossible d'y pénétrer. A l'intérieur tu verras toutes les plantes qui poussent au monde, disposées en cercle, comme une cible. Tout près du cœur se trouve un cadran solaire et au cœur, un oranger. Ce fruit a fait trébucher des athlètes, alors que d'autres l'ont utilisé pour guérir leurs blessures. Toutes les vraies quêtes s'achèvent dans ce jardin, où le fruit fendu déverse du sang et le fruit tranché en deux est une coupe pleine pour les voyageurs et les pèlerins. Manger de ce fruit signifie quitter le jardin, car le fruit parle d'autres choses, d'autres désirs. Au crépuscule, tu dis au revoir au lieu que tu aimes, sans savoir si tu pourras jamais y revenir, sachant que tu ne pourras jamais y revenir par le même chemin. Peut-être, un autre jour, ouvriras-tu une porte par hasard, et te retrouveras-tu de l'autre côté du mur.

— Je vais amener le radiateur à gaz, a dit Katy, comme ça on n'aura pas froid.

On n'a pas eu froid, ni cette nuit-là ni toutes celles que nous avons passées ensemble au cours des années qui ont suivi. Elle a été mon histoire d'amour la moins compliquée, et c'est pour ça que je l'aimais. Elle semblait ne pas avoir de soucis du tout, et bien qu'elle continue à le nier, je crois qu'elle avait tout prévu d'avance pour la caravane.

— Tu es sûre que c'est ça que tu veux ? ai-je murmuré, mais je n'avais pas l'intention de m'arrêter.

— Oh oui, s'est-elle écriée, oui.

On a très vite cessé de parler parce que ce dialogue devenait trop embarrassant. Elle était radieuse. Je prenais soin de ne jamais la regarder lorsque je prêchais, bien qu'elle soit toujours assise au premier rang. Il y avait véritablement une dimension spirituelle entre nous. Je lui ai appris beaucoup de choses et elle a concentré tous ses efforts sur l'église, moi mise à part. Ça a été une période heureuse. Aux yeux des purs, tout est pur...

Un an s'était écoulé depuis que j'avais rencontré Melanie à Pâques et que j'avais été malade. Pâques était revenu et l'Eglise d'Angleterre avait entamé l'ascension de la colline, portant sa croix. Le dimanche des Palmes, Melanie est revenue, rayonnante, avec une nouvelle importante. Elle devait se marier cet automne avec un militaire. Pour être équitable, il avait abandonné la mauvaise cause pour la bonne, mais à mes yeux il était répugnant. Je n'avais rien à reprocher aux hommes. A cette époque il n'y avait aucune raison à cela. Les femmes de notre église étaient fortes et organisées. Pour parler en termes de pouvoir, celui dont je disposais aurait suffi à satisfaire Mussolini. Je n'étais pas contre le mariage de Melanie, j'étais contre son mariage avec *lui*. Et elle était sereine, sereine au point d'en devenir bovine. Je me suis sentie tellement en colère que j'ai essayé de lui en parler, mais elle avait laissé sa tête à Bangor. Elle m'a demandé ce que je faisais.

— Ce que je fais pour quoi ?

Elle a rougi. Je n'avais pas l'intention de raconter, à elle ou à qui que ce soit, ce qui se passait entre Katy et moi. Par nature, je n'étais pas discrète ou encline à me culpabiliser, mais j'avais la mémoire assez longue pour savoir où une telle révélation m'entraînerait. Melanie est partie le lendemain, pour aller chez *lui* et ses parents. Juste au moment où ils allaient partir, sur cette affreuse moto Iron Curtain qu'il avait, il m'a tapoté le bras, m'a dit qu'il savait et nous pardonnait toutes les deux. Il me restait une seule chose à faire ; j'ai réuni toute la salive que je pouvais et j'ai craché.

JUGES

« A présent, je vous préviens loyalement, cria la Reine en trépignant de rage, que vous ou votre tête allez devoir disparaître. »

Ma mère voulait que je m'en aille ; elle avait le soutien du pasteur et de la plupart des fidèles, ou en tout cas c'est ce qu'elle disait. Je la rendais malade, je rendais la maison malade, j'introduisais le mal dans l'église. Cette fois-ci, il n'y avait aucune issue. Les choses s'annonçaient mal. J'ai pris ma Bible ; il me semblait que le seul endroit où je pouvais aller, en un tel moment, était la colline. Au sommet, il y a un tertre de pierre derrière lequel on peut s'abriter lorsque le vent souffle. C'est une chose que la chienne n'a jamais comprise ; elle pissait contre le tertre ou l'utilisait pour jouer à cache-cache avec moi, mais elle restait dans le vent, oreilles rabattues, les yeux pleins de larmes, jusqu'à ce que je la fourre dans ma veste pour nous réchauffer toutes les deux. C'était une chienne Lancashire minuscule et téméraire, marron et noire avec des oreilles pointues. Elle couchait dans un panier pour berger allemand, ce qui explique peut-être pourquoi elle n'avait pas l'air de se rendre compte de sa taille réelle ; elle se battait avec tous les chiens qu'elle rencontrait et montrait les dents à tous les passants. Une fois, alors que j'essayais d'attraper une grande stalactite de glace, j'avais dérapé et j'étais tombée sur une corniche, dans une carrière et je n'avais pas pu remonter ; la terre glissait sous moi. La chienne avait aboyé et crachoté et puis elle était accourue à mon secours. Et maintenant, j'étais de nouveau coincée, sur une autre corniche.

Tout semblait tourner autour du fait que les gens que j'aimais n'étaient pas les bons. Bons, ils l'étaient à tous égards, sauf celui-là ; l'amour romantique, lorsqu'il était éprouvé pour une autre femme, était un péché.

« Vous singez les hommes », avait dit ma mère avec dégoût.

Or, c'est justement si j'avais singé les hommes qu'elle aurait eu tout loisir d'être dégoûtée. Les hommes, pour moi, ça traînait à la maison, ça n'avait pas d'intérêt particulier, mais c'était tout à fait inoffensif. Je n'avais jamais éprouvé le moindre sentiment pour eux et, mis à part le fait que je ne portais jamais de jupe, je ne voyais rien d'autre en commun entre eux et moi. Puis je me suis souvenue de ce fameux incident qui s'était produit lorsqu'un homme était venu à notre église avec son petit ami. En tout cas, ils se tenaient par la main. « Celui-là, il aurait dû être une femme », avait remarqué ma mère.

C'était parfaitement inexact. A cette époque-là je n'avais aucune idée sur les questions de stratégie sexuelle, mais je savais qu'un homosexuel est encore plus différent d'une femme que ne l'est un rhinocéros. Et maintenant que j'ai quelques idées sur la stratégie sexuelle, cette première observation est toujours valable. Il y a des nuances de sens, mais un homme est un homme, où qu'il soit. Ma mère m'a toujours posé problème parce qu'elle est à la fois éclairée et réactionnaire. Elle ne croyait pas au Déterminisme et à la Négligence, elle croyait que l'on faisait de soi-même et d'autrui ce que l'on voulait. Chacun pouvait être sauvé, chacun pouvait succomber au Démon, chacun était libre de son choix. Alors que certains membres de notre église m'ont pardonnée en alléguant la raison plutôt douteuse que je n'y pouvais rien (ils avaient lu Havelock Ellis et ils avaient entendu parler du phénomène de l'Inversion), ma mère considérait que j'agissais volontairement de la sorte afin de vendre mon âme. Pour moi, au début, ce n'avait été qu'un hasard. Ce hasard m'avait obligée à réfléchir un peu plus à mes propres instincts et à l'attitude d'autrui. Après l'exorcisme, j'avais essayé de remplacer mon univers par un autre exactement semblable, mais je n'y étais pas parvenue. J'aimais Dieu et j'aimais l'église, mais je commençais à trouver les choses de plus en plus compliquées. Les choses ne se sont pas arrangées du fait que je n'avais plus aucune intention de devenir missionnaire.

— Mais c'est pour être missionnaire que tu as reçu toute cette formation, s'était lamentée ma mère.

— Je peux aussi bien prêcher ici.

— Tu dis ça, et puis tu te marieras et tu n'auras plus le temps. Elle était amère.

Bizarrement, il était clair que je n'allais pas me marier. J'ai cru au début qu'elle aurait été contente. Ma mère avait un esprit compliqué.

Sire Perceval, le plus jeune des chevaliers d'Arthur, quitta enfin Camelot. Le roi l'avait supplié de ne pas partir ; il savait que ce n'était pas là une quête ordinaire. Depuis l'apparition du Saint-Graal, un jour de fête, tout avait changé. Autrefois ils étaient frères, ils riaient au récit des exploits de Sire Gauvain au pays du Chevalier Vert, ils étaient braves, tous braves, et ils étaient loyaux envers le roi..., ils l'avaient été. La Table Ronde et la forteresse aux hautes murailles étaient presque des symboles désormais. Autrefois, il y avait viandes et boissons. Mais pour Lancelot et Bor, la trahison est dans l'avenir autant que dans le présent. Lancelot est parti, rendu fou par de lourds fardeaux. Il est en quête, quelque part, lui aussi ; des récits parviennent parfois jusqu'au roi, lambeaux confus et incohérents, à l'image de leurs messagers. La grande salle est vide. Bientôt, l'ennemi viendra. Il y avait jadis une pierre dans laquelle était fichée une épée étincelante, mais nul ne pouvait l'en arracher parce que tous ne pensaient qu'à la pierre.

Arthur est assis sur les larges marches. La Table Ronde est décorée de toutes les plantes qui poussent au monde, disposées en cercle, comme une cible. Près du centre se trouve un cadran solaire et au centre une couronne d'épines. Elle est couverte de poussière désormais, mais tout redevient poussière.

Arthur pense à autrefois, lorsqu'il y avait des lumières et des sourires.

Il y avait une femme, il s'en souvient. O Perceval, reviens faire des roues.

Katy et moi étions allées passer une semaine à la maison d'hôtes de Morecambe pour les personnes en deuil. C'était la morte saison, et n'importe qui pouvait y aller, en deuil ou non ; mais en hiver, ils étaient cependant très stricts sur ce point en hiver. La famille de Katy était en vacances et campait dans leur caravane tout près de là, on était donc considérées en sécurité. J'avais pris grand soin de ranger toutes mes lettres dans le placard que j'avais à mon travail, le samedi, et pour autant que je le sache, on était au-dessus de tout soupçon. Mais on a été négligentes la première nuit. L'idée d'avoir une semaine entière à nous toutes seules nous a rendues trop impatientes et j'ai oublié de fermer la porte à clé. Elle m'avait attirée sur le lit, lorsque j'ai aperçu un mince rai de lumière qui formait une tache sur le tapis tout près du bord du lit. J'ai ressenti un picotement dans le cou et ma bouche est devenue toute sèche. Il y avait quelqu'un à la porte. Nous n'avons pas bougé et au bout d'un moment la lumière a disparu. Me laissant lourdement tomber aux côtés de Katy, j'ai serré sa main très fort et lui ai promis qu'on allait trouver quelque chose.

Et on a trouvé. Ce plan-là a marqué un sommet de créativité dans toute ma brillante carrière et, en ce qui concerne Katy, il a fonctionné à la perfection. Mais pour moi, il n'y avait aucun espoir.

Au petit déjeuner, on a été convoquées dans le bureau de la vieille amie de ma mère et précédemment trésorière de la Société des Ames Perdues.

— Je veux savoir la vérité, a-t-elle dit, sans nous regarder, et n'essayez pas de me mentir.

Je lui ai dit que ma relation avec Melanie n'avait jamais vraiment pris fin. Que Melanie m'avait écrit pendant des mois et que finalement, déchirée d'amour, j'avais supplié Katy de m'aider à organiser une rencontre.

— Je pensais que c'était le seul endroit où on serait en sécurité, lui ai-je dit en pleurant.

Elle m'a crue. Elle voulait me croire. Je savais qu'elle n'avait pas envie d'expliquer ce qui se passait à la famille de Katy et je savais qu'elle avait envie de choquer ma mère autant que possible. Pour cela, il fallait que toute la faute retombe sur moi. Elle m'a dit de faire mes valises et d'être prête à partir le lendemain matin. Elle voulait que sa lettre arrive avant moi. Katy était sauve et c'était l'essentiel. Comme moi, elle était obstinée et elle avait la rage au cœur, mais elle était incapable d'affronter le côté noir de notre église. Je l'avais déjà vue s'y opposer et ruer dans les brancards, ruer et pleurer. Il n'était pas question qu'ils lui fassent subir toute cette comédie de possession démoniaque. J'étais censée passer la journée en prières, Melanie étant elle censée être partie. Je l'ai passée au lit avec Katy. « Que vas-tu faire ? » a-t-elle demandé, son bras glissé dans le mien tandis que, tôt le lendemain, on marchait sur la plage.

Le sable était couvert de sprats qui gisaient la bouche ouverte, abandonnés par la marée. Lorsque je suis partie, abandonnant Katy derrière moi, elle pleurait. Je ne savais pas ce qui allait arriver, mais je savais que je n'accepterais plus de repasser par les mêmes épreuves. Les mains dans les poches, je jouais avec un caillou brun et rugueux.

Bien entendu, la scène qui avait eu lieu à la maison avait été inimaginable. Ma mère avait réduit en miettes toutes les assiettes de la kitchenette.

— Il n'y a pas de dîner, a-t-elle dit à son mari lorsqu'il est revenu après son travail dans l'équipe du soir. Il n'y a rien dans quoi manger.

Il est allé prendre un plat de poisson-frites debout au comptoir d'une boutique.

— Je suis vraiment une imbécile, a-t-elle tonné. Je t'ai entretenue tout ce temps, je t'ai laissée continuer des études et tout ça pourquoi ? Elle m'a secouée. « Pourquoi ? »

Je me suis dégagée.

— Laisse-moi.

— Ça, pour te laisser, et toute seule, on le fera bien assez tôt.

Elle est allée à la cabine téléphonique pour appeler le pasteur. Lorsqu'elle est revenue, elle m'a ordonné d'aller me coucher et il m'a semblé qu'il valait mieux obéir. Mon lit était étroit. Je me suis allongée, incapable de me pardonner, incapable de la pardonner. A intervalles réguliers, je l'entendais implorer le Seigneur de lui envoyer un signe. Le pasteur a bien fini par arriver, mais même si elle s'en est réjouie, je crois qu'elle aurait préféré quelque chose d'un peu plus spectaculaire, par exemple que le feu divin nous réduise en cendres, moi et ma chambre, tout en épargnant le reste de la maison. En bas, ils ont parlé à voix basse pendant un long moment. J'étais presque assoupie lorsque le pasteur est apparu, ma mère rôdant sur ses talons. Il s'est tenu à bonne distance, comme si j'étais infectée. Je me suis caché la tête sous l'oreiller parce que c'est la seule chose qui m'est venue à l'esprit. Le pasteur m'a arraché l'oreiller et m'a expliqué aussi calmement qu'il pouvait que j'étais la victime d'un grand mal. Que j'étais affligée et opprimée, que j'avais trompé l'Église. « Le démon » a-t-il annoncé très lentement, « est revenu sept fois plus fort ».

Ma mère a poussé un petit cri, puis elle s'est remise en colère. Tout était de ma faute. Tout était dû à ma perversité. Ils ont commencé à se disputer pour savoir si j'étais une malheureuse victime ou quelqu'un de mauvais. J'ai écouté un moment ; ils n'étaient ni l'un ni l'autre très convaincants et en outre, sept oranges mûres venaient d'atterrir sur le rebord de la fenêtre.

— Prenez une orange ai-je proposé, histoire de faire la conversation. Ils m'ont regardée tous les deux comme si j'étais folle. Elles sont là. J'ai désigné du doigt la fenêtre.

— Elle délire, a dit ma mère, incrédule. (Elle détestait les fous.)

— C'est son maître qui parle, a répondu gravement le pasteur. Ignorez-la, je vais porter ce cas devant le conseil, il dépasse ma compétence. Gardez un œil sur elle, mais laissez-la aller à l'église.

Ma mère a hoché la tête en sanglotant et en se mordant la lèvre. Ils m'ont laissée tranquille. Je suis restée longtemps allongée à regarder les oranges. Elles étaient jolies, mais elles ne m'aidaient pas beaucoup. Il allait me falloir plus qu'une icône pour me sortir de cette affaire-là.

Le lendemain, je suis quand même allée à la réunion des Sœurs. C'était la première fois qu'Elsie revenait à l'église depuis son long séjour à l'hôpital. Elle savait ce qui se passait mais m'a serrée tout contre elle et m'a dit de ne pas faire de bêtises.

— Viens boire une tasse de thé chez moi après, a-t-elle décidé, mais ne le dis pas aux autres.

La réunion s'est déroulée dans une atmosphère de quasi-hystérie parce qu'ils étaient tous en train de se demander que faire. Mrs. White appuyait constamment sur les mauvaises touches et Alice a perdu le fil de ce qu'elle disait lorsqu'elle s'est aperçue que je la regardais. On s'est sentis soulagés lorsque neuf heures ont sonné et que la réunion s'est terminée. Personne ne m'a demandé pourquoi je partais sans prendre le thé et ils ont dû penser qu'Elsie était fatiguée ou sinon je suis certaine qu'ils auraient essayé de l'empêcher de me voir. Quand je suis arrivée chez Elsie, j'ai eu pour la première fois des nouvelles de Miss Jewsbury.

— Elle habite à Leeds, m'a dit Elsie, elle enseigne la musique dans une de ces écoles spéciales. Elle ne vit pas seule. Elle m'a regardée d'un air rusé. C'est moi qui lui ai parlé de toi.

J'ai été étonnée. Je n'avais pas vraiment cru qu'Elsie savait. Elle m'a dit qu'elle avait deviné, mais ça n'avait pas été facile.

— Si j'avais pu être là il n'y aurait pas eu tous ces problèmes. Je me serais occupée de vous deux, mais comme j'étais tout le temps à faire des aller et retour entre chez moi et ce fichu hôpital...

Je me suis levée, je l'ai serrée dans mes bras et on est restées assises près du feu comme autrefois, sans dire grand-chose. On n'en a pas parlé, on n'a pas dit si c'était bien ou mal, ou quoi que ce soit ; elle s'occupait de moi en me donnant ce dont j'avais le plus besoin, la possibilité de passer un moment ordinaire auprès d'une amie.

— Elsie, il faut que j'y aille maintenant. Je me suis

levée, tristement, tandis que l'horloge égrenait les minutes.

— Reviens quand tu en auras besoin.

Elle est restée sur le pas de sa porte jusqu'à ce que je sois arrivée loin en bas de la rue, puis comme je me retournais pour lui faire signe de nouveau, elle a disparu à l'intérieur. J'ai continué lentement ma route, je suis passée devant le viaduc et le magasin de tapis, puis j'ai pris le raccourci par le Quartier aux Usines. J'ai rencontré Mrs. Arkwright qui sortait en titubant du pub « The Cock and Whistle », où les gens respectables n'allaient jamais. Elle m'a souri d'un air radieux et dit : « Salut la môme », puis a continué son chemin en tanguant. Puis il y a eu l'école, la chapelle méthodiste et Black Abbey Street, où je ne sais plus qui a été décapité. Pendant un instant, je me suis appuyée contre le mur ; la pierre était tiède et par la fenêtre j'ai aperçu une famille réunie autour du feu. Ils n'avaient pas débarrassé la table où ils avaient pris le thé, je voyais les chaises, la table et juste le bon nombre de tasses. J'ai regardé le feu danser derrière la vitre, puis l'un d'entre eux s'est levé et a tiré les rideaux.

Je me suis attardée quelques instants devant la porte de chez nous avant d'entrer. Je ne savais toujours pas quoi faire, je n'étais même pas sûre de savoir quels étaient les choix ou les conflits ; tout cela était clair pour les autres, mais pas pour moi, et personne, apparemment, n'allait me donner d'explications. Ma mère m'attendait. J'étais en retard, mais je ne lui ai pas parlé d'Elsie, je ne pensais pas qu'elle comprendrait.

Les jours se sont étirés dans une sorte de langueur ; j'étais en quarantaine ecclésiastique, ils étaient emplis de crainte et d'anticipation. Le dimanche, le pasteur a reçu la réponse du conseil. Le véritable problème, semblait-il, était qu'ils allaient à l'encontre des enseignements de saint Paul en donnant du pouvoir aux femmes dans l'église. Notre propre branche n'y avait jamais pensé, nous avions toujours eu des femmes fortes; les femmes organisaient tout. Certaines prêchaient bien, et il était évident, dans mon cas, que c'était la raison pour laquelle l'église était pleine. Il y a eu un tumulte, puis une chose très curieuse est arrivée. Ma mère s'est levée et a dit qu'à son avis le conseil avait raison : que le ministère des femmes avait ses propres particularités, comme par exemple l'enseignement du catéchisme ou l'appartenance à un ordre de Sœurs, mais que la transmission du message incombait aux hommes. Jusqu'à ce point, ma vie avait tout de même eu une sorte de sens. Mais maintenant elle n'en avait plus aucun. Ma mère a expliqué d'un ton monotone le rôle essentiel du missionnariat pour une femme, a dit que, de toute évidence, j'y étais destinée, mais que j'avais dédaigné ma vocation afin d'exercer mon pouvoir sur le front intérieur, où il n'était pas justifié. Elle a conclu en disant qu'en m'appropriant un domaine réservé aux hommes, j'avais bafoué la loi de Dieu et avais essayé de faire la même chose sur le plan sexuel. Son discours n'était pas spontané. Elle et le pasteur en avaient déjà débattu. C'était son adoration du ministère qui était en faute. Sans aucun doute, elle avait prévenu le pasteur Spratt depuis des mois. J'ai regardé autour de moi. Ces gens bons, ces gens simples, qu'allait-il advenir d'eux désormais ? Ma mère, je le savais, espérait que je m'accuserais moi-même, mais je ne l'ai pas fait. Je savais à présent qui était fautif. Si l'adultère spirituel existe, alors ma mère était une putain.

Ainsi donc, mon succès à la chaire était la cause de ma chute. Le démon avait attaqué mon point le plus faible : mon incapacité à percevoir mes limites en tant que femme.

Une voix dans le fond.

— Tout ça, c'est un tas de racontars et vous le savez bien. Allons-nous aider cette enfant, oui ou non ?

C'était Elsie. Quelqu'un a essayé de la faire asseoir,

mais elle s'est débattue, puis elle s'est mise à tousser et elle s'est écroulée.

— Elsie !

Je me suis précipitée vers le fond mais on m'a repoussée.

— Elle peut se débrouiller sans toi. Les autres se sont groupés autour d'elle tandis que je restais là, impuissante et tremblante.

— Donnez-lui un manteau chaud et ramenons-la chez elle. Et ils l'ont entraînée sous le porche.

Entre-temps, le pasteur s'est approché de moi et m'a dit qu'en signe de ma nouvelle obéissance au Seigneur, je devrais cesser de prêcher, abandonner toutes mes classes d'étude de la Bible et tout ce qui pouvait constituer, comme il disait, « un contact d'influence ». Dès que j'aurais accepté, il organiserait un exorcisme plus puissant encore que le précédent et je partirais ensuite à la maison d'hôtes de Morecambe me reposer avec ma mère pendant quinze jours.

— Je vous donnerai une réponse demain matin, ai-je promis, prétextant la fatigue.

Sire Perceval voyage dans la forêt depuis bien des jours. Son armure est ternie, son cheval est las. La dernière nourriture qu'il a prise était un bol de lait et un peu de pain donnés par une vieille femme. D'autres chevaliers l'ont précédé sur ce chemin, il aperçoit leurs traces, leur désespoir, et les ossements de l'un d'entre eux. Il a entendu parler d'une chapelle en ruines ou d'une vieille église, nul ne le sait avec certitude, l'on sait seulement que c'est un lieu saint et abandonné, caché loin des regards indiscrets. Peut-être l'y trouvera-t-il. La veille, Sire Perceval a vu en rêve le Graal porté sur un rayon de soleil qui s'approchait de lui. Il a tendu la main en poussant un cri, mais ses mains étaient pleines d'épines et il s'est réveillé. Ce soir, mordu, meurtri, il rêve de la cour d'Arthur, où il était le bien-aimé, le favori. Il rêve de son chien et de son faucon, de son étable et de ses amis fidèles. Ses amis sont morts maintenant. Morts ou mourants. Il rêve d'Arthur qu'il voit assis sur une large marche de pierre, sa tête dans ses mains. Sire Perceval tombe à genoux pour embrasser son seigneur, mais celui-ci est un arbre couvert de lierre. Il s'éveille, le visage brillant de larmes.

Lorsque le pasteur est passé chez nous, le lendemain matin, je me sentais mieux. Nous avons pris le thé tous les trois ; je crois que ma mère a fait une plaisanterie. Tout était réglé.

— Est-ce que je t'inscris pour ce séjour alors ? a demandé le pasteur, farfouillant à la recherche de son agenda. Elle t'attend, mais c'est par pure politesse.

— Comment va Elsie ? J'étais préoccupée par cette question.

Le pasteur a froncé les sourcils et dit que les événements de la veille l'avaient choquée plus qu'ils ne s'en étaient rendu compte. Elle était retournée à l'hôpital pour un examen.

— Est-ce que ça va aller ?

Ma mère a fait remarquer que c'était au Seigneur d'en décider et que nous avions d'autres problèmes à régler. Le pasteur a souri avec douceur et m'a redemandé quand nous voulions partir.

— Je n'y vais pas.

Il m'a dit que j'aurais besoin de repos après la lutte contre le démon. Que ma mère avait besoin de repos.

— Elle n'a qu'à y aller si elle veut. Je quitte l'église, vous pouvez faire une croix sur le reste.

Ils ont été abasourdis. J'ai étreint très fort le petit caillou brun et j'ai espéré qu'ils allaient partir. Mais ils sont restés. Ils ont raisonné, supplié, tempêté, fait une pause puis sont revenus. Ils m'ont même offert de me rendre ma classe d'études bibliques, mais sous surveillance. Finalement, le pasteur a secoué la tête et a décrété que j'étais comme un de ces hommes dans le texte des Hébreux auquel il est impossible de faire comprendre la vérité. Il m'a demandé une dernière fois :

— Veux-tu te repentir ?

— Non.

Et je l'ai regardé dans les yeux jusqu'à ce qu'il s'en aille. Il a pris à part ma mère dans le salon pendant une demi-heure. Je ne sais pas ce qu'ils ont fait, mais peu importe ; ma mère avait peint les roses blanches en rouge et maintenant elle prétendait que c'était leur couleur naturelle.

— Tu vas devoir partir, a-t-elle dit. Je ne veux pas de démons ici.

Où pouvais-je aller ? Pas chez Elsie, elle était trop malade et aucun autre membre de l'église n'oserait courir le risque de m'accueillir. Si j'allais chez Katy, je lui causerais des ennuis ; quant à tous les gens de ma famille, comme c'est le cas la plupart du temps, ils étaient ignobles.

— Je n'ai nulle part où aller, ai-je objecté, en la suivant dans la cuisine.

— Le Diable prend soin des siens, a-t-elle rétorqué, en me repoussant.

Je savais que je ne pouvais rien y faire et je n'ai pas essayé. Je laisserais ce sentiment-là jaillir plus tard, quand ce serait sans danger. Pour le moment, il fallait que je sois dure et blanche. Les jours de givre, en hiver, le sol est blanc, puis le soleil se lève et le givre fond...

— C'est décidé. J'ai lancé à ma mère, plus bravache que courageuse : Je pars jeudi.

— Tu vas où ? Elle se méfiait.

— C'est mon affaire, je verrai comment ça se passe.

— Tu n'as pas d'argent.

— Je travaillerai le soir en plus des week-ends.

En fait, j'étais mortellement terrifiée et j'allais habiter chez un professeur qui s'inquiétait un peu de ce qui se passait. Le samedi, je vendais des glaces dans une camionnette ; désormais je pourrais travailler aussi le dimanche et essayer de dédommager mon professeur du mieux que je pouvais. C'était une perspective morose, mais quand même moins que si je restais à la maison. J'aurais voulu emmener la chienne, mais je savais que ma mère aurait refusé ; j'ai mis mes livres et mes instruments de musique dans une caisse à thé, avec ma Bible sur le dessus. La seule chose qui m'ennuyait était l'idée d'avoir à travailler chez un marchand de fruits et légumes. De vendre des oranges, des Navel, des Jaffa, des Séville.

— Je ne le ferai pas, me suis-je consolée. J'irai d'abord voir chez le tripier.

J'ai fait mon lit soigneusement ce dernier matin à la maison, j'ai vidé la corbeille à papiers et j'ai entraîné la chienne dans une longue promenade. Elle s'est enfuie avec Jack, le chien du terrain de boules. A cette époque, je n'avais pas la moindre idée de ce que j'allais devenir et ça m'était égal. Ça n'était pas le jour du Jugement dernier, mais un autre matin.

RUTH

Il y a très longtemps, lorsque le royaume était divisé en plusieurs compartiments, comme une cocotte-minute, les voyages étaient une chose beaucoup plus sérieuse qu'aujourd'hui. Bien sûr, il y avait des problèmes évidents : combien de vivres fallait-il emporter ? Quelle sorte de monstres allait-on rencontrer ? Fallait-il emporter la tunique de rechange bleue, pour montrer que vous veniez en paix, ou la tunique de rechange rouge, pour montrer que vous ne veniez pas en paix ? Et il y avait d'autres problèmes moins évidents, par exemple, que faire lorsqu'un magicien avait décidé de vous surveiller.

A cette époque, la magie était très importante et le territoire n'était qu'une extension du cercle de craie que l'on traçait autour de soi pour se protéger des élémentaux et autres. C'est une pratique qui n'est plus à la mode maintenant, et c'est bien dommage, car il vaut bien mieux se mettre dans un cercle de craie que dans un four à gaz lorsqu'on se sent menacé. Bien entendu, les gens se moqueront de vous, mais comme les gens se moquent de beaucoup de choses, vous n'êtes pas obligé de vous sentir personnellement concerné. Et pourquoi le cercle de craie fonctionne-t-il ? Parce que le principe d'espace personnel est toujours le même, que vous repoussiez un élémental ou la mauvaise humeur de quelqu'un d'autre. C'est un champ de force qui vous entoure, et tant que nos facultés d'imagination sont encore faibles, il est utile d'avoir un objet physique pour se concentrer.

L'enseignement des magiciens est très difficile. Les magiciens doivent rester des années dans un cercle de craie jusqu'à ce qu'ils puissent s'en passer. Ils étendent leur pouvoir vers l'extérieur petit à petit, d'abord dans leur cœur, puis dans leurs corps, puis dans le cercle qui les entoure. Il est impossible de contrôler ce qui vous est extérieur si vous n'avez pas maîtrisé l'espace intérieur délimité par votre propre souffle. Il est impossible de changer les choses si l'on ne comprend pas la substance que l'on veut changer. Bien sûr, certains mutilent et altèrent les choses, mais ce sont des pouvoirs déchus, et la véritable nature du mal est de changer une chose que l'on ne comprend pas.

Depuis quelque temps, Linette avait remarqué qu'un étrange oiseau la suivait, un oiseau noir aux ailes immenses ; puis, pendant un après-midi entier, l'oiseau avait disparu. Cet après-midi-là, elle vit le sorcier. Il se tenait face à elle, sur l'autre berge d'un torrent rapide. Elle le reconnut à ses vêtements et se serait enfuie si la silhouette ne l'avait appelée par-dessus le tumulte des eaux.

« Je connais ton nom. » Et elle s'arrêta, effrayée. S'il disait la vérité, elle était prise au piège. La connaissance des noms était source de pouvoir. Adam avait nommé les animaux et les animaux étaient venus à son appel.

« Je ne te crois pas », cria-t-elle en réponse. Le sorcier sourit à l'invita à traverser le torrent afin de lui murmurer son nom à l'oreille. Elle secoua la tête ; le territoire du sorcier devait se trouver de l'autre côté du torrent ; ici au moins elle était en sécurité.

« Tu ne sortiras jamais de cette forêt sans mon aide », l'avertit-il, tandis qu'elle se frayait un chemin dans la boue. Linette ne répondit même pas. Une autre nuit tomba, apportant cette fois-ci une pluie qui s'abattit en rafales sur les arbres et détruisit son abri. Puis elle fut attaquée par une armée de fourmis d'eaux qui la força à s'enfoncer plus loin dans la forêt et l'obscurité. A l'aube elle était épuisée. Elle avait perdu ses vêtements secs et la jarre de pierre dans laquelle elle conservait ses provisions; et, en observant la courbe formée par le méandre du torrent, elle s'aperçut qu'elle avait à peine progressé. De l'autre côté du torrent, souriant avec douceur, elle aperçut le sorcier.

« Je t'avais prévenue », dit-il.

Ce n'était pas vraiment ce que Linette avait envie d'entendre. Elle s'assit parmi les roseaux et se mit à bouder.

Sur l'autre berge, le sorcier alluma un feu et sortit une marmite. Linette renifla et replia ses jambes contre elle. Il y avait une odeur de pigeon rôti.

« Je suis végétarienne », cria-t-elle, observant son visage.

« Oh, mais moi aussi », répondit-il d'un air content. « Je fais des haricots adzuki et des beignets, il y en largement pour deux ».

Linette se sentit horrifiée. Comment pouvait-il savoir? Des souvenirs de sa grand-mère lui revinrent; son célèbre ragoût de haricots adzuki; les chansons autour du feu lorsque les hommes étaient partis chasser. Elle cacha son nez dans sa veste et essaya de ne pas respirer.

« Tu mets du coriandre avec? » demande de nouveau le sorcier. « C'est du coriandre frais ».

« Oui, j'en mets », s'écria Linette, perplexe, d'une voix rauque, « mais je ne mangerai pas parce que vous allez m'empoisonner ».

« Que dis-tu là, voyons! » Le sorcier avait l'air réellement choqué.

« Comment puis-je savoir si je peux vous faire confiance? » (L'estomac de Linette gargouillait.)

« Parce que je ne connais pas ton nom. Si je le savais, je t'aurais déjà fait passer de l'autre côté. C'est tellement triste de manger seul, tu ne trouves pas ? »

Linette réfléchit quelques instants, puis elle conclut un pacte avec le sorcier. Elle partagerait son repas, puis il lui dirait ce qu'il voulait et ils feraient un concours pour décider. Pour sceller le pacte, il dessina un cercle de craie avec une toute petite ouverture pour qu'elle puisse y pénétrer après avoir franchi le torrent. Puis il lui jeta le morceau de craie. C'était un caillou brun et rugueux et, le serrant très fort, Linette traversa d'un pas incertain sur les pierres du gué, bondit dans le cercle et le referma derrière elle.

« Tu préfères de la baguette ou du pain complet ? » demanda le sorcier en lui tendant un bol fumant.

Pendant un quart d'heure, ils mâchonnèrent dans un silence amical, puis le sorcier poussa un soupir, arracha un autre morceau de pain et épongea la sauce. « J'ai bien peur qu'il n'y ait pas dessert. Je voulais faire une crème renversée, mais il est difficile de trouver du lait dans les environs. Mais il y a du café, et ensuite je te dirai ce que je veux ».

Le morceau de pain de Linette lui resta en travers de la gorge. Elle commença à s'étouffer et dût laisser le sorcier lui taper dans le dos. Peut-être voulait-il la hacher menu, ou la transformer en animal, peut-être allait-il l'obliger à l'épouser. Lorsqu'il lui servit son café, elle était paralysée de terreur.

« Ce que je veux », commença-t-il, « c'est que tu deviennes mon apprentie. Les arts magiques se meurent ; plus nous serons nombreux et mieux ce sera. Tu as des dons, je le sais, tu peux porter le message dans des pays où, de nos jours, les gens savent à peine comment tracer un cercle de craie. Je t'apprendrai tout, mais je ne peux pas t'y obliger, et d'abord tu dois me dire ton nom ». Il s'adossa et regarda Linette « Il y a juste un petit détail dont je ne t'ai pas parlé ; si tu ne me dis pas ton nom, tu ne pourras jamais sortir de ce cercle, parce que je ne peux pas te libérer et que tu n'en as pas le pouvoir ».

Linette était muette de rage. « Vous m'avez trompée ».

« Oui, mais c'est mon métier, après tout ».

« Très bien » dit Linette au bout de quelques instants. « Faisons un marché. Si tu peux deviner mon nom, je t'appartiendrai. Sinon, tu me montreras comment sortir d'ici et tu me laisseras en paix ».

Le sorcier hocha lentement la tête, tandis que Linette se demandait à quel jeu maléfique il leur faudrait jouer pour décider de l'issue de l'affrontement. Soudain, le sorcier leva les yeux.

« Jouons au Pendu ».

Il produisit un morceau de papier et un stylo à bille. « X », fit-il.

« Non », répondit Linette avec mépris. « Un point pour moi ».

« Il faut que tu me donnes un indice », dit le sorcier, « après tout nous n'utilisons pas les arts magiques ».

« D'accord », dit Linette, à contre-cœur. « Je te donne un poème ».

« Pour certains mon nom est presque un oiseau
Pour d'autres c'est un récipient pour le lait caillé ».

« Et je t'en dirai pas plus ».

Le sorcier fit le poirier pendant un certain temps, tout en répétant sans cesse le poème.

« P », dit-il enfin.

« Deux points pour moi », roucoula Linette.

Puis le magicien se remit d'un bond sur ses pieds et s'écria, « tu t'appelles Perle Barril ».

« Faux » dit sèchement Linette, « et ça me fait deux points. Encore un coup et j'ai gagné ».

A la tombée de la nuit, alors que Linette leur versait à tous les deux une autre tasse de café, le sorcier eut un petit rire. « J'ai trouvé ».

« Ah oui ? » demanda Linette. « Souviens-toi, il te reste encore deux points et je suis libre ».

« Tu t'appelles Linette Jarredepierre ». Et le cercle de craie s'évanouit.

« Bah », pensa Linette, en éteignant le feu. « Au moins, il fait bien la cuisine ».

L'instant d'après, ils se retrouvèrent dans un château, sous l'œil de trois corbeaux tout en becs perchés sur un vieux mât.

« Shadrach, Meschach et Abed-Nego », les présenta le sorcier. « Tu t'apercevras vite que ce n'est pas sorcier de les distinguer, si je puis me permettre ce jeu de mots. Ah, il faut que je te porte dans mes bras pour franchir le seuil, sinon tu tomberais endormie. Ça fait partie des mesures de sécurité ». Et il prit Linette dans ses bras et la fit entrer dans une salle aux couleurs vives dans laquelle un feu brûlait dans une immense cheminée.

« Tu aimes les plafonds hauts ? » lui demanda-t-il, tandis qu'ils s'installaient de chaque côté de la cheminée. « Ils sont tous comme ça dans ces vieilles demeures, mais tu t'y habitueras ».

« Depuis combien de temps êtes-vous un sorcier ? », demanda Linette, pour introduire la conversation.

« Oh, je ne saurais pas le dire », répondit-il avec insouciance, « comme j'en suis aussi un dans l'avenir, tu vois, ça m'est égal. »

« Mais c'est impossible », objecta Linette, « on ne peut parler du temps comme ça ».

« C'est impossible pour toi, mais nous sommes très différents ».

Ceci au moins était incontestable, et Linette commença à examiner la salle dans laquelle ils se trouvaient.

Il y avait très peu de meubles, mais une multitude de placards. Sur la droite, près de la fenêtre, pendait un énorme cornet acoustique en métal avec des motifs en relief.

« A quoi vous sert le cornet ? »

« Eh bien, je n'aurai pas toujours le même âge que maintenant, et quand je serai plus vieux, je deviendrai peut-être un peu dur d'oreille. Le cornet me sert à écouter les rossignols chanter la nuit, quand je suis allongé sur ce divan ».

Linette ne voyait pas le moindre divan. « Quel divan ? »

« Celui-là, voyons ! », dit le sorcier, surpris. Elle regarda de nouveau, et il y avait un divan. Ce n'était que le début de l'aventure de Linette au château, mais, tant qu'elle y resta, il se passa une chose étrange. Elle oublia comment elle était arrivée ou ce qu'elle avait fait avant. Elle se mit à croire qu'elle avait toujours vécu au château et qu'elle était la fille du sorcier, comme celui-ci le lui disait. Il lui avait aussi dit qu'elle n'avait pas de mère, mais qu'elle lui avait été tout spécialement confiée par un puissant esprit. Linette avait l'impression que c'était la vérité, et de plus, où aurait-elle pu vouloir vivre, sinon ici ?

Le sorcier traitait avec bonté les villageois qui vivaient en petits groupes au pied des collines. Il leur enseignait la musique et les mathématiques et jetait un charme puissant sur les récoltes, afin qu'il n'y ait pas de famine en hiver. Bien entendu, il s'attendait à une dévotion absolue de leur part, mais ils étaient heureux de la lui témoigner. Linette se mit à enseigner elle-même les villageois, et tout alla bien jusqu'au jour où arriva un étranger. Il prit un logement dans l'une des fermes et devint rapidement l'ami de Linette. Elle l'invita au château le jour de la grande fête.

La grande fête était à la fois une commémoration et une occasion de réjouissances pour le village. Chaque foyer offrait un cadeau au sorcier et il offrait en retour des présents à ceux qui, selon lui, en avaient le plus besoin.

« Offriras-tu un présent à l'étranger ? » demanda Linette à son père, le matin de la fête.

« Quel étranger ? »

« Celui-ci » dit Linette en tendant le doigt, et elle fit apparaître le garçon. Il fut effrayé. Il y avait à peine une seconde, il était appuyé contre un arbre, en train de regarder le château. Maintenant, il se trouvait aux côtés de trois corbeaux dans une salle si haute que le plafond et le ciel se confondaient. « Ce qui doit être sera, tu as déjà décidé quel sera son présent ». Puis, ramassant ses robes, le père de Linette disparut.

« J'ai peur » dit le garçon.

« Il n'y a aucune raison d'avoir peur », dit Linette en l'embrassant.

Au coucher du soleil, la salle s'était emplie de gens et d'animaux. Certains des animaux étaient destinés à être offerts au sorcier, pour sa propre ferme, d'autres étaient juste entrés par hasard. Sur le coup de minuit, le vin avait tout fait oublier à tout le monde, sauf l'instant présent, et le sorcier faisait son discours habituel. Il promit à nouveau une bonne récolte pour l'an prochain et une bonne santé pour ses amis. Aux jeunes gens qui quittaient le village cette année-là, il remit un bouclier, ou un poignard, ou un arc. Aux jeunes femmes qui avaient décidé de mener leur propre vie, il remit un faucon, ou un chien, ou un anneau. « Que chacun de ces dons vous protègent selon vos besoins ». Car le sorcier savait ce qu'il en était des voyageurs. Mais tout à coup, son visage se durcit, et il leur dit qu'un terrible fléau était entré dans le pays. « Il est dans l'un d'entre vous », les avertit-il, tandis qu'une vague d'inquiétude les agitait. « Il doit être rejeté. » Et le sorcier posa la main sur la nuque du garçon.

« Ce garçon a sali ma fille ».

« Non », s'écria Linette, se levant d'un bond, saisie d'angoisse. « C'est mon ami ».

Mais nul ne l'entendit. Ils ligotèrent le garçon et le jetèrent dans la pièce la plus obscure, au plus profond du château, où il aurait pu rester à jamais si Linette ne l'avait libéré par ses propres arts. « Maintenant, va le voir » dit-elle au garçon qui clignait des yeux devant la lumière de sa torche, « et renie-moi. Reproche-moi ce que tu voudras, tu ne peux pas m'aider, car tu n'es pas de taille à lui résister ». Le garçon pâlit et se mit à pleurer, mais Linette le força à remonter les escaliers, et au matin elle sut qu'il avait fait comme elle lui avait dit.

« Ma fille, tu m'as déshonoré », dit le sorcier, « et je n'ai plus besoin de toi. Tu dois partir ».

Linette ne pouvait demander pardon puisqu'elle était innocente, mais elle demanda à rester.

« Si tu restes, tu vivras au village et tu garderas les chèvres. Je te laisse décider. » Il disparut. Linette était sur le point d'éclater en sanglots lorsque qu'elle ressentit un petit coup de bec sur son épaule. C'était Abed-Nego, le corbeau qu'elle aimait. Il s'approcha d'un bond de son oreille.

« Tu ne perdras pas ton pouvoir, tu sais, tu l'utiliseras différemment, c'est tout ».

« Comment le sais-tu ? » demanda Linette en reniflant.

« Les sorciers ne peuvent jamais reprendre leurs dons, jamais ; c'est ce qui est écrit dans le livre. »

« Et si je reste, que se passera-t-il ? »

« Tu seras anéantie par le chagrin. Tous ceux que tu connais seront autour de toi et en même temps loin de toi. Mieux vaut trouver un autre pays ».

Linette réfléchit à tout cela tandis que le corbeau attendait patiemment sur son épaule.

« Veux-tu venir avec moi ? »

« Je ne peux pas, je suis lié à cet endroit, mais je vais te donner ceci ». Le corbeau sauta sur le sol et se mit apparemment à vomir sur les dalles. Puis il remit ses plumes en ordre et fit tomber un caillou brun et rugueux dans la main de Linette.

« Merci », dit Linette. « Qu'est-ce que c'est ? »

« C'est mon cœur ».

« Mais il est en pierre ».

« Je sais », répondit tristement le corbeau. « Tu comprends, j'ai choisi de rester, il y a maintenant très longtemps, et le chagrin a épaissi mon cœur, et finalement il s'est pétrifié. Il te servira à t'en souvenir ».

Linette resta silencieuse un moment, près de l'âtre. Le corbeau, rendu muet par un charme, ne put l'avertir que son père s'était glissé dans la salle sous la forme d'une souris et qu'il était en train de nouer un fil invisible à l'un de ses boutons. Lorsque Linette se leva, la souris s'enfuit. Elle ne remarqua rien, et lorsque vint le matin, elle était arrivée à l'orée de la forêt et avait franchi le torrent.

J'étais retournée travailler chez les entrepreneurs de pompes funèbres, ou au salon de pompes funèbres comme la dame et son ami Joe préféraient l'appeler. Ils payaient bien et j'avais toujours la possibilité de laver les voitures si j'avais besoin d'un peu plus d'argent. Parfois je garais ma camionnette de glacier derrière le salon, je passais de l'autre côté faire la toilette mortuaire de quelqu'un et puis je reprenais ma tournée. Joe disait toujours, en guise de plaisanterie, qu'on pourrait mettre les corps dans ma glacière lorsqu'il commencerait à faire chaud.

« Ils n'y verront que du feu, même s'il y a quelques petites taches de glace à la framboise, pas vrai ? »

La dame faisait toujours des couronnes mortuaires et elle était bien plus heureuse depuis que les Champs Elysées (c'était le nom de leur entreprise) avaient obtenu un contrat avec la clinique chic qui se trouvait juste en dehors de la ville.

— C'est fou ce que l'argent peut faire comme différence, m'assurait-elle, en me montrant ses nouveaux modèles. Ils aiment que les choses soient faites dans les règles de l'art, là-bas. Ils ne veulent pas de ces foutues croix.

Joe prospérait lui aussi. Il avait acheté deux nouveaux corbillards et il était en train de transformer le garage en chambre froide.

— Je n'ai pas envie que ça soit encombré par un tas de corps là-dedans, disait-il, désignant d'un geste ample la chapelle ardente. Tu comprends, les gens viennent ici pour rendre un dernier hommage et ils n'ont pas envie de voir un vieux machin installé là au même endroit que leur mort. C'est normal qu'ils aient envie d'avoir un peu d'intimité.

— Oh, c'est sûr, c'est sûr, acquiesçait la dame. Ils n'ont pas envie de les voir alignés en rang comme des bâtonnets glacés. Apparemment, Joe et la dame se répondaient toujours par une question. Ils se questionnaient comme ça des heures durant pendant que Joe vissait des poignées aux cercueils et que la dame forçait le fil de fer et les fleurs à se fondre dans un tout inextricable. Ils admiraient leur travail.

— C'est beau hein, disait Joe, le laiton ?

— Comme les Portes du Paradis, hein ? répondait la dame.

J'étais censée me tenir entre eux deux, à hocher de la tête d'un air docte tout en versant du thé. Mais ça m'était égal, ça faisait du bien d'échapper aux gamins. J'avais une boîte à musique qui jouait l'air de *Teddy Bears' Picnic*, comme ça ils savaient quand ils devaient se précipiter pour réclamer leurs bâtonnets à l'orange ou leur cornet double. L'essentiel, avec cette boîte à musique, était de bien la remonter, sinon la mélodie se traînait lamentablement, si lentement que Joe m'avait même proposé une fois de me la racheter pour ses corbillards. D'un autre côté, si on la remontait trop, ça ressemblait à la musique de Western qu'on entend lorsque la cavalerie arrive en dévalant la colline. « C'est ce fichu Trickett », disaient les gens quand j'avais mal réglé la musique, « vivement qu'il se tire. » Ils étaient capricieux. Ils traversaient en courant la rue pour aller acheter les glaces de Birtwhistle, le dernier glacier à avoir une charrette tirée par un cheval. Birtwhistle avait au moins quatre-vingts ans et son cheval bavait. Les gens disaient que personne ne savait ce qui tombait dans son seau à mélanger la glace ; personne n'a jamais posé la question. C'étaient de bonnes glaces, malgré tout. Il ne faisait rien de fantaisiste, juste des cornets et des gaufrettes glacées, avec un coulis de sirop de fraise. Il appelait ça des glaces au sang. Quand j'étais petite, on lui achetait toujours nos glaces parce qu'il y avait un bonus. On se trouvait à la fin de sa tournée ; pendant toute la journée, les gens donnaient à manger au cheval, si bien que lorsqu'il remontait la colline, tout fumant, le crottin dégringolait par-derrière. Ma mère entendait le coup de sifflet et, me fourrant dans une main un billet de dix shillings et dans l'autre une pelle, m'envoyait acheter deux gaufrettes glacées, un cornet, et ramasser tout ce que je pouvais sur les pavés. Le cheval frappait du sabot, soufflait et, en général, en laissait dégringoler un peu en plus pour moi dès que j'avais payé les glaces.

— Très bien, disait ma mère toute radieuse tandis que je franchissais le vestibule d'un pas chancelant en essayant de ne rien renverser. Va me l'enterrer dans mes laitues. Puis, toutes contentes, on s'asseyait pour manger nos glaces au sang.

Birtwhistle a toujours joui d'un prestige que Trickett n'a jamais eu. Lorsque les Champs Elysées organisaient une veillée mortuaire pour quelqu'un, ils commandaient toujours le dessert chez Birtwhistle.

— Il fait de la qualité, n'est-ce pas ? disait la dame.

Les repas de veillées étaient très bien faits. Toujours le fin du fin. Depuis qu'ils avaient conclu le contrat avec la clinique, ils avaient ajouté un hors-d'œuvre, en général un cocktail aux crevettes de « Chez Molly », le restaurant de fruits de mer. Pour le plat de résistance, on pouvait choisir entre des paupiettes de dinde, du rosbif ou une quiche chaude. La quiche avait été considérée comme une idée un peu audacieuse au début, mais elle était vite devenue très populaire.

— Il faut bien un peu de fantaisie, non ? m'a dit la dame, lorsque je suis allée faire imprimer le menu.

Un samedi, alors que je faisais ma tournée dans les environs de Lower Fold, j'ai aperçu une foule qui se pressait devant le groupe de maisons du bas de la rue. C'était là où se trouvait la maison d'Elsie. J'ai essayé d'y aller directement, mais quelqu'un a voulu un bâtonnet glacé, puis quelqu'un d'autre une gaufrette glacée ; mes mains tremblaient et je n'arrivais pas à faire les boules.

— N'êtes pas très douée, vous, dites donc, s'est plainte une grosse dame.

— Tenez, voilà un esquimau gratuit, ai-je dit en le lui lançant, et, la plantant là, l'air stupéfait, les mains sur les hanches, son esquimau dépassant de la poche de son tablier, j'ai fait rugir le moteur et j'ai dévalé la rue en cahotant sur les pavés. J'ai garé la camionnette, je suis sortie, je me suis frayé un chemin jusqu'à chez Elsie ; personne ne m'a prêté attention. Dans le salon se trouvaient Mrs. White, le pasteur et ma mère. Pas la moindre trace d'Elsie.

— Qu'est-ce qui se passe ? ai-je demandé.

Ils m'ont regardée mais ont continué à discuter à voix basse. J'ai saisi au vol le mot « funérailles ». J'ai attrapé ma mère par la manche de son manteau.

— Tu vas me dire ce qui se passe, oui ou non ?

Elle a épousseté sa manche.

— Elsie est morte.

Le pasteur s'est approché de moi.

— Rentre chez toi s'il te plaît, Jeanette.

Sa voix était très calme.

— Et vous croyez que c'est où, chez moi ? lui ai-je rétorqué.

Il n'a pas cillé mais m'a juste prise par le bras et m'a conduite dans le vestibule.

— Nous n'avons pas vraiment parlé, n'est-ce pas ? a-t-il demandé.

Je n'ai pas répondu, j'ai juste regardé le plancher en essayant de ne pas pleurer.

— Tu aurais dû me faire confiance. Sa voix était douce.

— De quoi avez-vous peur ? lui ai-je soudain demandé.

Il a souri.

— J'ai peur de l'Enfer, de la damnation éternelle.

— Alors qu'est-ce que j'ai de si effrayant ?

A ce moment-là il a perdu patience, comme seuls peuvent le faire ces hommes à la voix douce.

— Tu as fait une proposition immorale qui est inacceptable.

— Ça se fait à deux, vous savez. J'ai pensé qu'il était bon de le lui rappeler.

— Tu l'as troublée, tu as utilisé ton pouvoir sur elle ; ce n'était pas sa faute, mais la tienne.

— Elle m'aimait. Dès que j'ai prononcé ces mots, j'ai senti qu'il me tuerait s'il pouvait.

— Elle ne t'aimait pas.

— C'est ce qu'elle a dit ?

— Elle me l'a dit elle-même.

Je me suis adossée au mur, les deux paumes à plat, expirant. Il y a différentes sortes de trahisons, mais la trahison reste une trahison, où que vous la rencontriez. Non, il ne me tuerait pas, les hommes à la voix douce ne tuent pas, mais ils sont habiles. La violence qu'ils exercent ne laisse aucune marque visible. Il m'a conduite jusqu'à la porte et je me suis dirigée en trébuchant vers la camionnette. « La voilà », ai-je entendu crier et j'ai vu que tous les gens assemblés autour de la maison d'Elsie étaient en train de faire la queue devant ma camionnette. La première cliente a sorti son porte-monnaie.

— Deux gaufrettes glacées, s'il vous plaît. Vous la connaissiez ? Moi je la connaissais de vue. Puis elle s'est tournée vers son amie. On la connaissait de vue, n'est-ce pas ? Je leur ai donné les gaufrettes.

Les femmes qui étaient juste après étaient toutes ensemble et en train de discuter.

— Elle n'a pas souffert du tout, elle a juste passé pendant la nuit, deux à la framboise et une à la vanille s'il vous plaît, Betty ne s'est pas encore décidée, mais finalement c'est encore ce qui vaut mieux, elle était vieille vous savez, elle ne pouvait plus se débrouiller toute seule.

— Vous voulez autre chose ? leur ai-je demandé.

— Oui. Betty a élevé la voix, un cornet double pour moi, je ne paie pas. Et elles ont éclaté de rire.

— Bon, on y va, a ordonné celle qui payait, j'ai mes gosses à la maison.

Enfin, elles sont toutes parties, mais, au moment où je plongeais mes cuillers à boules poisseuses dans l'eau laiteuse de la jatte, j'ai aperçu Mrs. White qui traversait la route dans ma direction. Elle reniflait dans son mouchoir.

— Tu te fais de l'argent sur le dos des morts, a-t-elle gémi derrière la vitre. Le pasteur n'arrive pas à y croire.

— Ce n'est pas saint, c'est ça ? lui ai-je dit.

— Non, et tu le paieras, et ça te coûtera plus qu'un cornet de glace.

— Je suppose que oui, ai-je dit, espérant qu'elle allait partir, mais elle s'est contentée de s'appuyer contre le rebord de la vitre en sanglotant tellement fort que j'ai dû lui essuyer la figure avec un torchon.

— Quand a lieu l'enterrement ? ai-je dit, histoire de faire la conversation.

— Tu ne peux pas venir, c'est pour les gens saints.

— Je n'ai pas envie de venir, oh et puis allez vous-en à la fin. Je me suis mise au volant, Mrs. White a marmotté quelque chose dans ma direction puis a retraversé la route en courant.

J'ai continué comme d'habitude, sans penser à rien, je suis passée devant l'église baptiste de Woodnook, puis j'ai remonté la longue pente de la colline jusqu'à Fern Gore, où se trouve l'usine de crèmes glacées.

— J'ai besoin de deux jours, leur ai-je dit. Ça ne se reproduira plus.

Ils n'étaient pas contents, les vacances scolaires étaient une période de grosse activité, mais je travaillais dur et je leur rapportais beaucoup, et ils m'ont donné mes deux jours.

Lorsque Linette eut traversé la rivière, elle se retrouva dans une partie de la forêt qui semblait identique, mais dont l'odeur était différente. Comme elle ne savait pas où aller, elle décida que n'importe quelle direction ferait tout aussi bien l'affaire et choisit le chemin le plus évident. Bientôt, elle fut à court de nourriture et de vêtements de rechange, puis elle fut saisie de la nostalgie de son pays, et elle gît, incapable de marcher, pendant bien des jours. Une femme qui voyageait dans la forêt découvrit son corps et la réanima grâce à des herbes. Cette femme ne savait rien des arts magiques, mais elle connaissait les différentes sortes de chagrin et leurs effets. Linette l'accompagna jusqu'à son village, où les gens l'accueillirent et lui donnèrent un travail. Ils avaient entendu parler du père de Linette et pensaient qu'il était fou et dangereux, aussi ne parlait-elle jamais de ses propres pouvoirs et ne les utilisait-elle pas. La femme essaya d'apprendre sa langue à Linette et Linette apprit les mots, mais pas la langue. Certaines constructions lui étaient incompréhensibles et dans une discussion, elles pouvaient toujours être utilisées contre elle, parce qu'elle ne pouvait pas s'en servir pour répondre. Mais la plupart du temps, il n'arrivait rien de la sorte. Les villageois étaient simples et bons, ils ne s'interrogeaient pas sur le monde.

Ils ne s'attendaient pas à ce que Linette parle beaucoup. Mais Linette voulait parler. Elle avait laissé son école et ses disciples loin derrière elle, elle voulait parler de la nature du monde, dire pourquoi le monde existait et ce que nous y faisions. Pourtant, elle savait aussi qu'il y avait beaucoup de choses mauvaises dans son ancien monde. Si elle en parlait, tant des choses bonnes que des choses mauvaises, ils penseraient qu'elle était folle et alors elle n'aurait plus personne. Elle devait faire comme si elle était semblable à eux et lorsqu'elle faisait une erreur, ils souriaient et se souvenaient qu'elle était étrangère. Linette avait entendu dire qu'il existait une cité splendide, très loin de là, dont les édifices montaient jusqu'au ciel. C'était une cité ancienne, gardée par des tigres. Aucun villageois n'y était jamais allé, mais ils en avaient tous entendu parler, et la plupart en avaient peur. Les habitants de la cité ne labouraient pas la terre, ni ne travaillaient, ils réfléchissaient au monde. Linette resta éveillée bien des nuits en essayant d'imaginer à quoi pouvait ressembler un tel endroit. Si seulement elle pouvait s'y rendre, alors, elle en était sûre, elle serait en sécurité. Lorsqu'elle a parlé de son projet aux villageois, ils rirent et lui dirent de penser à autre chose, mais Linette en était incapable et elle décida de mettre en œuvre ce projet.

En ville, le lendemain matin, j'ai aperçu Joe. Il m'a fait signe de la main et s'est approché de moi à la hâte.

— On a quelqu'un de ton église au salon. Va voir. Je savais que c'était Elsie. C'était ma dernière chance. Personne ne se souvenait que je travaillais pour les Champs Elysées. Entre-temps, j'avais une lettre à écrire et j'ai attendu jusqu'au soir avant de traverser la ville ; de plus, il y avait la réunion de prière à l'église ce soir-là et je ne risquais pas de rencontrer quelqu'un.

— Oh, c'est toi ? La dame a levé les yeux lorsque je suis arrivée. Joe est là ?

— Oui, c'est moi, et non, Joe n'est pas là, il doit être au jardin, non ?

— Ah oui, il est allé chercher des légumes pour le repas de funérailles, j'avais oublié. (La dame était en train d'entrelacer des fougères et des jacinthes pour former une croix.)

— Regarde ce que je fais pour eux, encore une de ces foutues croix. Elle l'a jetée sur la table dans un accès de mauvaise humeur. Tiens, on va se faire du thé.

Je suis passée devant le cercueil d'Elsie en allant vers la petite cuisine, mais je n'ai pas regardé, je voulais attendre qu'ils soient rentrés chez eux. L'atmosphère était paisible malgré tout.

— Ramène les Bourbons, a crié la dame.

On est restées assises au soleil pendant une demi-heure, savourant la chaleur et le thé.

— C'est ce qu'on trouve de mieux en France, a déclaré la dame en mordant dans son Bourbon.

— Et la quiche ? lui ai-je demandé.

— Oui, c'est vrai, a-t-elle dit en acquiesçant de la tête. Ils s'y connaissent en cuisine, pas vrai ?

Et elle s'est mise à me décrire des recettes qu'elle avait vues dans un livre à la bibliothèque et à me raconter la fois où elle avait traversé la Manche pour aller à Dieppe. Elle n'y retournerait pas, ça non, c'était trop loin, mais quand même, elle aimerait bien voir la tour Eiffel. Elle avait entendu dire que la tour avait été construite par des acrobates et qu'une troupe de singes dressés avaient posé les toutes dernières poutrelles du sommet. Sa propre grand-mère avait vu une photographie de la tour et aussi un modèle réduit à l'Exposition universelle. Elle-même possédait une photographie de sa grand-mère en train de regarder la photographie de la tour. Est-ce que j'avais envie de voyager ? Non, eh bien elle comprenait bien ça, il y a déjà tellement de choses à faire chez soi. Puis elle m'a dit qu'elle pensait que tout dépendait de notre réincarnation. Je ne devais dire à personne qu'elle croyait ça. C'était entre nous. Elle m'a dit qu'elle se demandait souvent pourquoi elle avait envie de faire certaines choses et pas d'autres. Pour certaines choses, c'était facile à savoir, mais il y en avait d'autres pour lesquelles elle ne voyait aucune raison. Elle s'était longtemps creusé la tête, puis elle s'était dit que l'on n'avait pas besoin de refaire les choses que l'on avait déjà faites dans une vie antérieure, et que l'on n'était pas encore prêt à faire les choses qu'on devait faire dans le futur.

— C'est comme un jeu de construction, tu crois pas ?

D'après elle, c'était la raison pour laquelle je ne voulais pas voyager. Juste à ce moment-là, Joe est arrivé en voiture et la dame est allée refaire du thé. Il a ouvert le hayon.

— J'ai des patates, des betteraves, des tomates, des laitues et un peu de petits pois. Ça devrait aller. Ils prennent des paupiettes de dinde comme plat principal et ensuite de la glace à la vanille.

— C'est pour quand ?

— Demain midi. On ferait mieux de passer un coup de balai dans le corbillard avant quand même. Il y a bien assez de terre là où elle va, pas vrai ?

La dame est arrivée avec le thé. Elle a été contrariée parce que Joe lui avait promis de l'emmener au cinéma ce soir-là voir Gary Cooper. Et maintenant le voilà qui parlait de nettoyer le corbillard. Elle a renversé son thé dans sa soucoupe, et a caché le paquet de Bourbons sous les fougères. Je ne voulais pas qu'elle soit déçue et j'ai proposé de faire le nettoyage et de passer un petit coup sur la carrosserie.

— Tu sauras le rentrer dans le garage ? a demandé Joe, sceptique.

— Bien sûr que oui, a dit la dame d'un ton sec, elle passe bien assez de temps à conduire cette foutue camionnette.

Joe a hoché la tête et a regardé sa montre.

— D'accord, on va retourner à la maison se faire un brin de toilette. La dame s'est levée pour aller chercher son casque — Joe n'en mettait pas — puis ils ont enfourché le petit scooter et ont descendu la ruelle en zigzaguant. J'ai attendu un peu, puis, lentement, je suis allée prendre le seau et la peau de chamois et j'ai nettoyé le corbillard. Je voulais qu'Elsie ait ce qu'il y avait de mieux. Il faisait nuit lorsque j'ai rangé le véhicule dans le garage. Je me suis lavé les mains et je suis entrée dans le salon ; il y avait quelques lampes allumées, suffisamment pour que je puisse voir Elsie. Elle portait ses vêtements du dimanche et son livre de cantiques avait été déposé auprès d'elle. Le livre contenait plein d'annotations de sa main, lui indiquant dans quelle clé elle devait jouer. Je me suis demandé ce qu'ils avaient fait de son accordéon. Il y avait un tabouret spécial, réglé juste à la bonne hauteur pour pouvoir regarder dans les cercueils sans être obligé de rester debout. Joe avait toujours été sensible à ce genre de choses ; il laissait les gens rester toute la nuit s'ils le voulaient, bien que ce ne soit pas la coutume.

J'ai longtemps raconté à Elsie ce que je ressentais et je lui ai parlé de la lettre que j'avais écrite. L'aube s'était levée quand je suis rentrée chez moi.

En bas, le téléphone sonnait. Je voulais continuer à dormir, mais le téléphone sonnait toujours. C'était Joe. Il était paniqué. Est-ce que je pouvais venir faire le repas et le servir ? Il fallait qu'il conduise le corbillard et qu'il s'occupe du cercueil. La dame était tombée du scooter alors qu'ils revenaient du film avec Gary Cooper. Elle ne s'était rien cassé, mais il fallait qu'elle reste alitée quelques jours. Elle avait tout juste réussi à terminer la couronne. J'ai essayé d'expliquer à Joe ce qui se passerait si je me montrais aux obsèques.

— Ça ne fait rien, a-t-il dit, ça m'est égal de perdre leur clientèle, ils n'auront qu'à aller chez Alf le Croque la prochaine fois. L'établissement que dirigeait Alf était très différent, ils faisaient des enterrements standard à prix fixes.

— Exactement comme dans une boutique de plats chinois à emporter, raillait Joe.

J'ai accepté, j'ai pris quelques vêtements pour pouvoir me changer et je suis allée préparer des paupiettes de dinde pour vingt personnes.

Je suis restée cachée jusqu'à ce que le cortège soit parti, puis je me suis précipitée pour mettre la table. J'avais calculé que je pouvais disposer le cocktail aux crevettes et les laisser se servir eux-mêmes en légumes dès qu'ils auraient eu chacun leur assiette de dinde. Trois quarts d'heure plus tard, ils étaient de retour et je me suis ruée avec les soupières brûlantes pleines de légumes fumants et je les ai mises en place tout le long de la table. Maintenant, Joe pouvait faire passer les assiettes et on serait tiré d'affaire. Tout s'est bien passé jusqu'au moment où il a fallu servir les glaces. Les portions étaient posées sur le plateau ; Joe avait promis de les servir, puis de s'arranger pour que tout le monde se lève de table pour prendre le café et le gâteau dans le salon, afin que je puisse débarrasser la table. Brusquement, le pasteur du cimetière s'est levé et a fait signe à Joe de le rejoindre sur le pas de la porte. Joe a eu l'air affolé puis il s'est approché de moi, qui étais en train de guetter derrière la vitre de la cuisine.

— Il faudra que tu t'occupes des glaces. Il veut me parler.

— Mais Joe... J'étais terrifiée, mais il était déjà reparti.

J'ai pris le premier plateau et j'ai essayé de ressembler à quelqu'un d'autre.

— Une glace à la vanille ? ai-je demandé à Mrs. White, en déposant brutalement la glace devant elle.

— Une glace à la vanille, Pasteur ? ai-je demandé, tout en renversant un peu.

— Une glace à la vanille, May ? Une glace à la vanille, Alice ? Et j'ai descendu toute la rangée avec les glaces à la vanille jusqu'au moment où je suis arrivée devant ma mère. Elle me regardait fixement, la bouche entrouverte.

— Toi ? Et ses perles ont frémi contre sa gorge.

— Oui, moi. Une glace à la vanille ?

La famille d'Elsie, qui était venue de Morecambe, a cru qu'on était devenus fous. Le pasteur s'est levé.

— Où est Monsieur Ramsbottom ? Qu'est-ce que c'est que cette plaisanterie de mauvais goût ?

— La dame est malade, ai-je expliqué, je les dépanne.

— Tu n'as pas honte ?

— Pas vraiment.

Le pasteur a fait signe à ses ouailles.

— Il n'est pas question que nous restions ici à nous laisser tourner en dérision.

— Oh, c'est un démon, votre fille, a gémi Mrs. White, en se cramponnant au bras du pasteur.

— Ce n'est pas ma fille, a dit sèchement ma mère, la tête haute, en menant les autres vers la sortie.

Et ils sont partis, si bien que les parents de Morecambe ont eu double ration et deux tranches de gâteau de Battenburg. Lorsque Joe est revenu, il s'est contenté de secouer la tête, il a dit qu'ils étaient tous fous, et que c'était une bonne chose que je sois partie. Il avait raison, mais je me sentais seule. Tandis que je faisais la vaisselle dans la cuisine, en réfléchissant à tout cela, j'ai senti une présence derrière moi.

C'était Miss Jewsbury.

— Vous n'étiez pas au repas, ai-je seulement trouvé à dire.

— Non, je ne voulais pas y aller. Je voulais juste accompagner Elsie, c'est tout. Je connais sa cousine de Morecambe. Je n'ai pas répondu et elle a eu l'air gauche. Alors, comment tu vas ?

— Oh ça va bien, lui ai-je dit, je me débrouille pour gagner de l'argent et j'ai un projet pour l'an prochain.

C'était la première personne à qui je me confiais, excepté Elsie. Elle a eu l'air contente, m'a dit que c'était une bonne idée, qu'elle aurait fait pareil elle aussi.

— Les choses se mettent en travers de votre chemin, a-t-elle dit, c'est ce qu'il y a de triste dans la vie. Puis, brusquement, tu viendras me voir dans mon appartement ?

— Non, ai-je répondu lentement, je ne peux pas.

Elle a ramassé son sac et ses gants.

— Bon, si jamais tu changes d'avis, ou si tu as besoin d'argent, je suis dans l'annuaire.

Elle s'est détournée et j'ai entendu résonner ses pas pendant longtemps. Je ne sais pas pourquoi je ne l'ai pas remerciée ni pourquoi je ne lui ai même pas dit au revoir.

C'était la dernière fois que je travaillais de façon régulière pour les Champs Elysées. J'avais terminé l'école et l'on m'avait proposé un emploi à plein temps dans un asile psychiatrique. Normalement, je n'aurais pas choisi ce type de travail, mais il offrait un grand avantage par rapport à tous les autres, parce que je pouvais être logée à l'hôpital même. J'aurais enfin une pièce à moi.

— Ça ne lui plaira pas, si, tu crois ? a dit la dame à Joe.

— Comment veux-tu que ça lui plaise ? a répondu Joe, il n'y a que des fous là-bas.

Mais j'y suis quand même allée, malgré tout, en me consolant à l'idée de mon projet.

Linette essayait d'imaginer la cité. Certains des villageois disaient qu'elle était faite de cristal, d'autres qu'elle avait été tissée avec les fils de toiles d'araignées. Certains disaient qu'elle était une absurdité et que

Linette serait malheureuse même si elle parvenait à la trouver. Linette pensait que tous les gens de la cité devaient être robustes et pleins de santé. Elle pensait à leur compassion et à leur sagesse. En un lieu où la vérité importait, nul ne la trahirait, et ainsi son courage s'accrut, et avec lui sa détermination. Elle découvrit une carte roulée autour d'un manche à balai ; la carte représentait la forêt et les lisières de la forêt, où commençaient les villes. Elle trouva la rivière, placide et tout étroite, se transformant en delta immense là où elle avait autrefois vécu ; la rivière ceinturait la cité sacrée et, se divisant comme un ver fendu, s'écoulait en de nombreux cours d'eau dans la mer. Linette n'avait jamais navigué sur la mer. Elle ne connaissait la mer qu'à l'endroit où elle rejoint le rivage, ne la connaissait qu'en relation avec la terre. Elle en avait peur, même si elle savait que les fidèles ont accompli des miracles à bord de leurs canots. La façon la plus simple de gagner la cité était de prendre la mer, puis de remonter à nouveau la rivière. Le seul autre chemin traversait le cœur le plus profond de la forêt et descendait une partie de la rivière qui ressemblait à un tunnel. Les eaux y étaient saumâtres, elle ne pouvait espérer y naviguer, car elles se perdaient dans d'épaisses ténèbres sous les arbres qui subsistaient longtemps après la nuit. Elle devait trouver un bateau et prendre la mer. Sans aucune certitude de rivage. Seulement la conviction que ce qu'elle désirait pouvait exister, si elle osait le trouver.

Linette observa les constructeurs de bateaux ; vit comment ils façonnaient et épuraient la coque pour gagner en vitesse, et alourdissaient la poupe pour gagner en stabilité. Elle apprit la géométrie de la voile. L'aveugle qui l'enseignait disait que la corde est comme un chien, rude et fiable. Chaude et rugueuse comme une de chien, brune et demandant à être manipulée correctement. Elle apprit à manier chaque chose comme si elle était vivante. Les choses sont vivantes, lui disait-il, et elles obéissaient mieux si vous le saviez. Il lui dit que c'était le *Wu li* : le principe de l'énergie organique. Elle ne comprenait pas, mais la sentait se mouvoir ; le riche et noir goudron et la cordelette enroulée en anneaux serrés à l'extrémité de ses rames. Lorsque les pierres sont chaudes, dit-il, elles chantent, et il lui donna une pierre qui chante pour son voyage.

Bientôt, ce fut la dernière nuit de Linette au village. Elle décida de dormir à l'extérieur, afin de pouvoir respirer et sentir la terre qu'elle quittait. Le vent soufflait et cela semblait sans importance, mais demain lorsqu'il soufflerait, alors ce serait important. Toutes les choses familières prenaient un sens différent. Dans la nuit, Linette fit un rêve.

Elle rêva que ses sourcils devenaient deux ponts qui plongeaient dans un trou de sonde entre ses yeux. Le trou n'est pas un abri ; il donne sur un escalier en colimaçon qui descend et descend dans ses entrailles. Elle doit le suivre si elle veut connaître l'étendue de son territoire. Elle doit passer dans le sang et les os qui forment un liquide épais autour de la dernière marche, avant de pouvoir s'accroupir sur la première marche, dans l'espace immense sous sa peau. Là, elle trouve un cheval de manège en bois qui lui permet de regarder les choses à plusieurs reprises. Elle croit qu'elle ne les modifie pas en les regardant, mais pourtant elle les modifie, car à chaque tour qu'elle décrit, les mêmes choses sont différentes. Elle commence à avoir le vertige, si elle ne saute pas elle va tomber.

Lorsque Linette se réveille, il tombe une pluie légère et elle doit partir rapidement. Elle pleure et l'aveugle, la touchant, lui dit de ne pas s'inquiéter d'avoir peur. Elle s'éloigne en ramant dans la mer et immobilise son bateau tout un jour, afin de s'habituer au goût du sel et à l'immensité. Le besoin de la cité lie son cœur à son esprit. Elle montera à bord de son bateau et naviguera jusqu'à l'autre rive. La voile tire et le soleil est levé.

Maintenant, il n'y a plus rien que l'eau autour d'elle. Une chose est sûre ; elle ne peut pas revenir en arrière.

— Quand as-tu vu ta mère pour la dernière fois ? m'a demandé quelqu'un. Quelqu'un qui marchait avec moi dans la cité. Je n'avais pas envie de le lui dire ; je pensais que dans cette cité, un passé, c'était justement cela : quelque chose de passé. Pourquoi dois-je me souvenir ? Dans le vieux monde, n'importe qui pouvait devenir un être neuf, le passé était effacé. Pourquoi faut-il que le nouveau monde soit si curieux ?

— Tu ne penses jamais à retourner chez toi ?

Question idiote. Il y a des fils qui vous aident à retrouver votre chemin et des fils dont l'intention est de vous faire revenir. L'esprit se laisse tirer par le fil, il est difficile de s'en défaire. Je pense tout le temps à revenir. Lorsque la femme de Lot a regardé derrière elle, elle s'est transformée en un pilier de sel. Les piliers soutiennent et le sel conserve, mais c'est un bien piètre troc par rapport au moi que l'on perd. Les gens reviennent, en effet, mais ils ne survivent pas, parce que deux réalités les revendiquent en même temps. Et c'est trop. On peut conserver son cœur dans du sel, ou tuer son cœur, ou choisir entre les deux réalités. La peine est grande. Certains croient que l'on peut avoir le beurre et l'argent du beurre. Le beurre rancit et ils s'étouffent avec ce qui en reste. Si l'on revient après très longtemps, on devient fou, parce que les gens que l'on a laissés derrière soi n'aiment pas l'idée que l'on a changé, ils vous traiteront comme il l'ont toujours fait, vous accuseront d'être indifférent, alors que l'on est simplement différent.

— Quand as-tu vu ta mère pour la dernière fois ?

Je ne sais pas quoi répondre. Je sais ce que je pense, mais les mots que j'entends dans ma tête résonnent comme des voix sous l'eau. Ils sont déformés. C'est un travail tout en finesse que d'entendre les mots lorsqu'ils heurtent la surface. Il faut se faire voleur de banque et écouter, écouter les petits cliquetis avant de pouvoir ouvrir le coffre-fort.

— Qu'est-ce qui serait arrivé si tu étais restée ?

J'aurais pu être prêtre et non prophète. Le prêtre a un livre dans lequel sont inscrits les mots. Des mots anciens, des mots connus, des mots de puissance. Les mots qui sont toujours à la surface. Des mots pour chaque occasion. Les mots fonctionnent. Ils font ce qu'ils sont censés faire : réconforter et discipliner. Le prophète n'a pas de livre. Le prophète est une voix qui crie dans le désert, une voix faite de sons qui ne prennent pas toujours un sens. Les prophètes crient parce qu'ils sont troublés par les démons.

Cette cité ancienne est faite de pierre et de murs de pierre qui ne sont pas encore tombés. Comme le paradis, elle est ceinte de rivières et des animaux fabuleux y vivent. La plupart ont des têtes. Si l'on boit à ses sources, et elles sont nombreuses, l'on pourrait vivre pour toujours, mais il est impossible de savoir si l'on restera soi-même. L'on risque de se transformer. Peut-être ne supportera-t-on pas les eaux des sources. C'est une chose qu'ils ne vous disent pas. Je suis venue dans la cité pour fuir. La cité abonde en tours que l'on peut gravir et gravir, de plus en plus vite, en admirant leur architecture, en rêvant de la vue que l'on aura du sommet. Au sommet souffle un vent mordant et tout est si lointain qu'il est impossible de discerner quoi que ce soit. Il n'y a personne à qui en parler. Les chats peuvent compter sur les pompiers et Raiponce avait la chance d'avoir ses cheveux. Ne serait-il pas agréable de retrouver le sol ? Je suis venue dans cette cité pour fuir.

Si les démons sont en vous, ils voyagent avec vous.

Chacun pense que sa propre situation est parfaitement tragique. Je ne fais pas exception à la règle.

Au moment où je quitte les grandes lignes pour prendre le train local, je suis frappée par quelque chose d'insolite. C'est une gare importante, mais il n'y a presque personne et très peu de bruit. Tout est étouffé, comme si le monde était bâillonné. Que se passe-t-il ? Une main sur mon épaule. « C'est le dernier train m'selle. » Je cherche l'horloge du regard. Il n'est que huit heures et demie.

La voix s'aperçoit de mon étonnement. « C'est la neige, les lignes sont bloquées. » De quoi parle-t-il ? Il suffit que je fasse quelques centaines de kilomètres pour me retrouver coupée du monde. Je me sens méfiante. Je suis entrée dans la sphère des enchantements et ici tout est possible. Pour le moment, il faut que je prenne ce train. Mon compartiment est déjà occupé par un monsieur qui soupire. Je n'ai pas emporté de gants et le filet à bagages au-dessus de ma place est moisi.

— Faut pas laisser vos bagages dans le passage, m'selle, gronde le contrôleur.

On démarre et du doigt je dessine un hublot dans la buée de la vitre. Derrière la fenêtre, il doit y avoir presque un mètre de neige. Les rails sont invisibles et la neige s'entasse sur les voies de garage. Je n'ai pas emporté de bottes en caoutchouc. Le monsieur qui soupire se transforme en monsieur qui marmonne jusqu'à ce qu'on arrive à la première gare. On ne s'arrête pas longtemps, puis on entend un cri strident. Le train hésite et s'arrête, parcourt encore quelques mètres dans une saccade; puis on entend un bruit de pas précipités dans le couloir. Le contrôleur, le gardien et le monsieur qui marmonne suivent d'un pas traînant. Le cri ne s'arrête pas. Je jette un coup d'œil et j'aperçois un gros paquet noir que l'on est en train d'essayer de hisser à bord du train. Soudain, le paquet se dégage d'un coup sec et nous repartons. Tandis que je regagne ma place, je vois que le paquet se dirige vers moi. « Bon sang de bonsoir de bon sang de bonsoir », scande-t-il,

« ils ne vous laissent même pas le temps de monter. Bon sang, et moi qui ai le cœur fragile. » La dame était restée coincée dans la portière.

Nous sommes trois maintenant ; le paquet qui scande sa complainte, tout en mâchonnant un sandwich au fromage rebondi et serrant d'une main dodue une bouteille thermos comme une amie longtemps perdue de vue ; le monsieur qui marmonne chantonnant une petite chanson sur l'amour et l'absence d'amour ; et moi, un exemplaire de *Middlemarch* sous mon pull-over. Ce qui mène à la folie n'est pas telle chose, ou telle autre, mais l'espace qui les sépare.

« Eh bien, on y est », ai-je pensé tandis que le train entrait dans ce qui avait été une gare. Autrefois, il y avait une maquette du *Queen Mary*, une salle d'attente et une machine pleine de bonbons Fry's Five Boys. Une fois, j'y ai pris le train pour Liverpool ; je portais un bonnet qui ressemblait à un couvre-théière. Elsie l'avait tricoté pour moi ; elle l'appelait mon Heaume du Salut.

Le vent soufflait et l'humidité assombrissait mes chaussures tandis que je passais en dérapant devant la mairie, avec son sapin de Noël illuminé et sa crèche gracieusement offerte par l'Armée du Salut. Il s'était remis à neiger lorsque je suis arrivée en bas de notre longue rue interminable. La colline au sommet ressemblait au paquet dans le train. « Dix pâtés de maisons, vingt réverbères », ai-je compté automatiquement. Je serais bientôt arrivée. J'aurais dû emporter des gants. Les dernières dalles, et soudain je suis devant la porte de chez moi. Le salon a une fenêtre avec de tout petits carreaux, si bien qu'on ne peut pas voir ce qui se passe à l'intérieur. J'aperçois des formes malgré tout et j'entends un air qui ressemble à *Ecoutez le chant des anges messagers* ; ça y ressemble, mais on entend nettement en arrière-plan un rythme de samba. J'hésite, puis, appelant à mon secours toutes mes hormones, je pousse la porte d'entrée. La lumière est allumée dans le vestibule, le chausse-pied décoré d'une image de renne pend toujours près du baromètre ; le papier peint, par contre, ne pendouille plus. Je vais entrer dans le salon et espérer pour le mieux. Dans le salon, je découvre ma mère assise devant ce qu'on pourrait au mieux appeler un bidule. Mieux encore, elle est en train d'en jouer.

— Salut M'man, c'est moi. J'ai posé mon sac et j'ai attendu. Elle a pivoté sur son tabouret en agitant une partition. Sur la couverture, il y avait écrit « La bonne nouvelle ».

— Viens voir un peu ça, ça a été composé spécialement pour l'orgue électronique, a-t-elle dit, se retournant d'un tour de tabouret, dans une cascade de notes.

— Qu'est-ce que tu as fait du piano ?

— Oh, je donne dans l'électronique maintenant. J'aime bien être à la page.

Je me suis approchée pour examiner le bidule. Il était énorme, surmonté d'un grand pupitre prétentieux. Il y avait deux claviers et une rangée de boutons et de touches de couleur, sur lesquels il y avait écrit « Epinette » ou « Xylophone ».

— Ecoute-moi cette épinette, a ordonné ma mère, et elle a égrené les premières notes cristallines de *Par une triste journée d'hiver*.

— Ça met beaucoup d'ambiance, ai-je dû reconnaître.

— Oh, on peut faire bien mieux que ça, je vais te montrer.

Pendant la demi-heure qui a suivi, elle m'a fait la démonstration du bidule. *Les Rois-Mages* avec et sans caisse claire, *Les Rois-Mages* avec et sans cornet à pistons et accompagnement à la basse. Elle pouvait aussi jouer de la musique pop, de la guitare et obtenir un rythme rock.

— C'est pour les réunions de jeunes, a-t-elle expliqué. On va faire un groupe, juste comme les *Cordes de joie*.

Elle a éteint l'orgue et s'est reculée de quelques pas pour qu'on puisse l'admirer.

— Le tabouret est livré avec. Elle a désigné du doigt la sculpture de peluche et de mélamine. Et on reçoit un exemplaire relié de son recueil de mélodies préféré. Evidemment, j'ai demandé les *Cantiques du Salut*, regarde.

Ils l'avaient relié en cuir de vachette, avec des lettres d'or et les initiales de ma mère sur le dos. J'ai hoché la tête et demandé si on pouvait se faire une tasse de thé.

— Tu l'as eu par la Société des Ames Perdues ? lui ai-je demandé, pensant qu'elle avait peut-être conçu elle-même les accessoires. Pendant un moment, il n'y a pas eu de réponse, puis j'ai vu qu'elle s'empourprait. Elle m'a dit que la Société avait été dissoute, qu'il y avait eu de la corruption dans la maison d'hôtes de Morecambe et que le révérend Bone était un homme fini. Apparemment, la plus grande partie de l'argent économisé pour les missions de pêcheurs avait servi à payer les dettes de jeu du secrétaire ; les bénéfices provenant des cotisations des nouveaux adhérents convertis par ma mère ou acquis grâce aux ventes d'articles religieux avaient servi à entretenir sa femme. Dont il était séparé. Il vivait avec sa maîtresse.

— Une courtisane, a craché ma mère. Il vit dans le péché avec sa courtisane.

Lorsque l'on avait découvert que la Société était au bord de la faillite, ma mère avait adressé un courrier à toute sa vaste batterie de membres, leur demandant leurs dons et les avertissant que la Société était appelée à disparaître rapidement. Elle avait reçu une avalanche de réponses ; des mandats postaux avaient commencé à arriver dès le lendemain, accompagnés de messages de remerciements pour tout le bonheur que leur avait procuré la Société des années durant. « J'emporte mon exemplaire lavable des Révélations partout avec moi », disait une dame. Pour terminer, ma mère avait soldé à moitié prix tous les exemplaires restants des « Morceaux choisis de piété du pasteur Jim Reeves ». Les dettes avaient été remboursées et il était resté suffisamment d'argent pour que le révérend Bone puisse s'offrir de courtes vacances à Colwyn Bay.

Des rumeurs concernant les potages coupés à l'eau claire et les serviettes de toilette jamais changées de la maison d'hôtes de Morecambe avaient provoqué une enquête de la Commission d'hygiène. L'établissement avait sombré dans la décrépitude et ses propriétaires avaient reçu l'ordre de le rénover ou de fermer. Ce n'était guère brillant ; mais ma mère avait en outre découvert une publicité qu'ils avaient fait paraître dans un hebdomadaire, *L'univers du psychique*, et dans laquelle ils proposaient aux gens venant de subir la perte d'un être cher les services du « célèbre medium de Morecambe ». La maison d'hôtes avait commencé à organiser des séances tous les vendredis dans la salle de billard. Il fallait payer un supplément et sauter le dîner, parce que le medium n'aimait pas travailler avec des ventres pleins. Ma mère avait été si choquée qu'elle avait soumis un long article sur les influences démoniaques à la revue *L'union de l'espoir*. Elle me l'a donné à lire en guise de lecture de chevet.

— Mais tu as suffisamment de quoi t'occuper ? lui ai-je demandé avec inquiétude.

— Je t'ai dit que je donnais à fond dans l'électronique ; ça ne s'arrête pas au salon. Elle se montrait énigmatique et n'a rien voulu me dire de plus. Nous avons parlé un moment de ce que je faisais, et de mes raisons. Sans entrer dans les détails, mais en disant juste assez pour donner l'impression que nous faisions toutes deux des efforts.

— Ta cousine est entrée dans la police, a-t-elle dit d'un ton enjoué.

— C'est bien.

— Oui, elle a un ami (elle évite délibérément de me regarder).

— C'est bien.

— Elle demande de tes nouvelles.

— Tu n'as qu'à lui dire que je ne suis pas morte, ça lui évitera de gaspiller de l'argent pour une couronne.

J'ai décidé qu'il était temps d'aller me coucher.

— N'oublie pas ça, a pépié ma mère en me lançant son article.

Sire Perceval parvint à un château splendide, bâti de rocs des montagnes sur le flanc d'une colline. Alors qu'il s'approchait du pont-levis, celui-ci s'abaissa et il aperçut des truites qui nageaient dans les douves. Son cheval est las. Sire Perceval descend et il traverse les douves avec sa monture. De chaque côté des remparts se tient un nain, armé de pied en cap. Ils saluent le chevalier, lui souhaitent la bienvenue, lui disent qu'un repas l'attend à l'intérieur. L'un d'entre eux prend le cheval, tandis que l'autre guide Perceval. Sire Perceval se retrouve dans une salle faite toute de chêne. Le nain lui dit de se reposer jusqu'au coucher du soleil. Sire Perceval se maudit d'avoir quitté la Table Ronde, d'avoir quitté le roi, et le visage douloureux du roi. La dernière nuit où il était à Camelot, il avait trouvé Arthur marchant dans le jardin, et Arthur pleurait comme un enfant, mais il lui avait dit que ce n'était rien. Le roi lui avait donné une cordelette de clochettes pour son cheval. Le premier, le deuxième et le troisième jour, il aurait pu tourner bride, il se trouvait encore dans la sphère d'influence de Merlin. Le quatrième jour, les bois étaient devenus sauvages et déserts, et il n'avait plus su où il était, ni même ce qui l'avait amené en cet endroit. Sire Perceval s'étendit sur le lit et s'endormit.

Il rêva de ce banquet où, dans les craquements et les

gémissements du tonnerre, en plein milieu du fracas, était apparu un rayon de soleil sept fois plus éclatant que le jour. Chacun d'entre eux avait vu autrui comme il ne l'avait jamais vu, et chaque homme avait été privé de parole. Puis le Graal avait pénétré dans la salle, recouvert de samit blanc. Ils avaient juré sur-le-champ de partir à sa recherche et de ne connaître ni trêve ni repos jusqu'à ce qu'ils l'aient vu. Arthur était resté silencieux, le regard dirigé vers la fenêtre.

Lorsque Perceval s'éveilla, le soleil déclinait. Il lui fallait se laver et aller saluer son hôte. Il lui parlerait du Graal, mais ne lui dirait pas pourquoi il le recherchait. Il avait eu une vision d'héroïsme parfait et, pendant un instant fugitif, entrevu une vision de paix parfaite. Il la cherchait à nouveau, afin qu'elle lui donnât son équilibre. Perceval était un guerrier qui aspirait à cultiver des plantes.

Ma mère m'a réveillée en m'apportant une tasse de chocolat chaud et une liste de courses. Il fallait que j'aille en ville à sa place ; elle avait une lettre à écrire au pasteur Spratt. Il avait encore neigé et j'ai dû commencer par m'arrêter à la boutique *Army and Navy* pour m'acheter une paire de bottes en caoutchouc. Me sentant ragaillardie, j'ai décidé d'aller rendre visite à Mrs. Arkwright à son magasin d'insecticides. La sonnette a tinté et Mrs. Arkwright, qui était en train d'empaqueter une poudre, a levé les yeux. Il lui a fallu presque cinq minutes pour me reconnaître, mais alors elle s'est penchée par-dessus le comptoir et m'a tapé sur l'épaule.

— Bonjour, lui ai-je dit, en époussetant la poudre anti-puces. Comment allez-vous ?

— Ecœurée, ras-le-bol ! Elle a commencé à enfiler son manteau. Tu es assez grande pour aller boire un verre au « Cock and Whistle », je suppose ?

J'ai acquiescé de la tête, elle a accroché son écriteau

sur la porte et m'a escortée jusqu'au pub. Ma mère m'avait toujours dit que le « Cock and Whistle » était un repaire de voleurs et de collecteurs d'impôts. Mais maintenant que je le voyais pour la première fois, il n'avait rien de vraiment extraordinaire. Il y avait un plancher en lino et quelques vieillards racornis au bar. Mrs. Arkwright m'a guidée jusque dans l'arrière-salle et a commandé deux demis de bière blonde.

— Eh ben, a-t-elle dit, je croyais que t'avais mis les voiles pour de bon.

— Je suis seulement venue pour Noël.

Elle a reniflé. « On ne peut pas dire que ça soit génial, comme idée. Ce sale bled poussiéreux est complètement mort. »

— Les affaires sont mauvaises ?

— Désastreuses. C'est à cause de cette nouvelle mode du chauffage central. On ne peut pas l'installer sans faire poser une couche isolante d'abord et ça permet de chasser tous les cafards en même temps. Je me suis plainte et j'ai essayé de me faire dédommager, mais ils disent que c'est le progrès et que je devrais me reconvertir dans les articles pour animaux.

— Et ça, ça ne vous dit rien ?

Mrs. Arkwright a tapé du poing sur la table. « Tu parles, non, maintenant les gens d'ici veulent tous jouer aux snobs, ils veulent pas être vus dans un magasin d'insecticides. En plus, tu vois, je ne supporte pas les caniches. Je vais pas ouvrir un foutu salon de toilettage pour toutous ! »

Je lui ai demandé quand les affaires avaient commencé à décliner, et pourquoi.

— C'est les salles de bains, a-t-elle dit sombrement. C'est à cause des salles de bains.

Apparemment, le conseil municipal avait fini par admettre que les maisons du Quartier aux Usines étaient moins qu'attrayantes. Ils avaient dégagé des fonds importants pour améliorer les logements. Chacune des maisons mitoyennes avait reçu une allocation pour faire construire une salle de bains.

— Et après les salles de bains, ils veulent le chauffage central et des caniches, a tonné Mrs. Arkwright. On sait bien ce que ça fait, le chauffage central. Ça vous dessèche tous les fluides naturels, pas vrai ? Elle était très amère, quand elle pensait à ce qu'elle avait fait des années durant pour protéger la communauté. Elle avait investi dans tous les pesticides de pointe, donné des conseils à toutes heures du jour et de la nuit et travaillé dur pour se tenir au courant des produits importés.

— Il n'y a pas une bestiole que je ne sache reconnaître, m'a-t-elle dit avec fierté.

— Qu'est-ce que vous allez faire ?

Elle m'a regardée, a jeté un coup d'œil autour d'elle, puis a posé un doigt sur ses lèvres. J'ai dû promettre de ne pas souffler mot de ce qu'elle allait me dire. Elle avait quelques économies et elle avait mis de côté tout ce qu'elle avait gagné au bingo. Elle allait émigrer.

J'étais fascinée. De toute sa vie, elle n'était jamais allée plus loin que Blackpool.

— Vous allez où ?

— A Torremolinos.

— Quoi ?

— Oui, je me suis procuré des prospectus et j'ai trouvé une villa. Je vais vendre des jouets en plastique aux touristes. Ça leur plaira d'acheter chez quelqu'un qui parle anglais.

J'ai pensé à tout l'argent qu'il lui faudrait pour payer la villa, le billet d'avion, le stock, et pour vivre, tant qu'elle ne serait pas installée. Elle était en train de me raconter qu'elle apprenait l'espagnol depuis six mois avec un livre et en suivant des cours du soir deux fois par semaine à Rishton.

— Mais vous avez assez d'argent ? ai-je dû lui demander.

— Pas tout à fait assez. C'est pour ça qu'il faut je mette le feu à ma boutique.

Elle m'a regardée attentivement et m'a rappelé ma promesse de ne rien dire.

— Si tu me donnes ton adresse, je t'enverrai une photocopie de l'article dans le journal.

Elle avait tout prévu : des fusibles spéciaux, qui fondaient lentement, et un tas de matériaux inflammables. Elle démarrerait le tout juste le soir où elle allait au cours, afin d'être loin de là. Elle n'avait pas envie de garder ses meubles de toute façon, et elle se rachèterait des vêtements neufs. Elle avait déposé ses documents et ses valeurs à la banque. Mais elle ne ferait rien avant que Noël soit passé.

— Je ne vais pas arracher les pompiers à leurs familles.

On a terminé nos bières et je l'ai laissée comme je l'ai trouvée, en train d'empaqueter de la poudre anti-puces.

J'ai acheté la viande hachée et les oignons et j'ai vu que le snack-bar de Trickett était toujours là, au même endroit, et servait les mêmes choses. Les lunettes de Betty étaient toujours rafistolées de scotch, tant d'années après avoir été écrasées par les steaks hachés de Mona. Elle ne m'a pas reconnue et je n'avais pas envie de lui dire qui j'étais. Je commençais à me demander si j'étais jamais partie. Ma mère me traitait comme elle l'avait toujours fait; avait-elle remarqué mon absence? Se souvenait-elle même pourquoi j'étais partie? Je pense que chaque fois que l'on fait un choix important, la partie de soi-même qu'on laisse derrière poursuit cette autre vie que l'on aurait pu mener. Certaines personnes ont des émanations très puissantes, certaines arrivent à se recréer en dehors de leur propre corps. Ce n'est pas une illusion. Si une potière a une idée, elle en fait une poterie et celle-ci existe en dehors d'elle, possède sa propre vie distincte. Elle utilise une substance physique pour illustrer ses pensées. Si j'utilise une substance métaphysique pour illustrer mes pensées, je pourrais me trouver à n'importe quel endroit à un moment donné, et exercer une influence sur un certain nombre de choses, de même que la potière et sa poterie peuvent exercer une influence en différents endroits. Il se peut même que je ne sois pas ici du tout, que toutes les parties de moi, selon tous les choix que j'ai faits et n'ai pas faits, se frôlent un moment. Il se peut que je sois toujours une évangéliste dans le Nord, et en même temps la personne qui s'est enfuie. Peut-être, pendant un moment, ces deux moi se sont-ils confondus. Je n'ai ni avancé ni reculé dans le temps, mais traversé le temps, vers quelque chose que j'aurais pu être, qui s'achève.

— Vous avez renversé votre thé, a dit Betty avec indignation. J'ai payé le double de l'addition et je suis partie.

Je ne suis pas rentrée directement chez moi, je suis montée sur la colline. Par un temps pareil, il n'y avait personne d'autre. Si j'habitais toujours ici, je serais restée bien au chaud moi aussi. Le privilège du visiteur est de pouvoir faire des choses absurdes. Je suis montée tout au sommet, d'où je pouvais voir la neige tournoyante recouvrir la ville jusqu'à l'effacer complètement. Toute l'obscurité effacée. J'aurais pu en faire un sermon très impressionnant... « Mes péchés, tel un nuage, ont plané au-dessus de moi, Il les a effacés lorsqu'Il m'a libérée... » quelque chose dans ce goût-là. Mais où était Dieu maintenant que les cieux grouillaient d'astronautes et que le Seigneur avait été détrôné ? Dieu me manque. La compagnie d'un être entièrement loyal me manque. Je ne considère toujours pas Dieu comme celui qui m'a trahi. Cela, je le pense des serviteurs de Dieu, mais il est dans la nature même des serviteurs de trahir. Dieu qui était mon ami me manque. Je ne sais même pas si Dieu existe, mais je sais que si Dieu est le modèle que l'on se choisit dans sa vie émotionnelle, très peu de relations humaines parviennent à répondre aux exigences que cela implique. J'ai dans l'idée qu'un jour ce sera peut-être possible. Une fois, j'y ai cru ; cette vision fugitive m'a conduite à errer à la recherche de l'équilibre entre terre et ciel. Si les serviteurs ne s'étaient pas rués entre nous pour nous séparer, j'aurais peut-être été déçue, j'aurais arraché le voile de samit blanc et découvert un bol de soupe. Quoi qu'il en soit, je ne peux pas me fixer, je veux quelqu'un de farouche qui m'aimera jusqu'à la mort et qui sache que l'amour est aussi fort que la mort, quelqu'un qui sera à mes côtés pour toujours. Je veux quelqu'un qui me détruira et sera détruit par moi. Il existe bien des formes d'amour et d'affection ; il y a des gens qui peuvent passer toute leur vie ensemble sans connaître le nom de l'autre. Donner des noms est une tâche ardue et longue ; elle concerne l'essence des choses et elle est source de pouvoir. Mais, par les nuits sauvages, qui peut te rappeler ? Seul celui qui connaît ton nom. L'amour romantique a été dilué et transformé en livres de poche et vendu par milliers et millions d'exemplaires. Quelque part, l'original existe encore, gravé sur des tables de pierre. Je traverserais des océans, j'affronterais les insolations et je donnerais tout ce que j'ai, mais pas pour un homme, car ils veulent être le destructeur, jamais celui que l'on détruit. C'est pour cela qu'ils ne sont pas faits pour l'amour romantique. Certains font exception à la règle et j'espère qu'ils sont heureux.

L'insondabilité de mes désirs m'effraie. Je ne sais pas quelle est leur taille, ni quelle est leur hauteur, je sais seulement qu'ils ne sont pas comblés. Si l'on veut connaître la circonférence d'une goutte d'huile, on utilise de la poudre de lycopode. C'est ce que je vais faire. Je prendrai un grand pot de poudre de lycopode et j'en saupoudrerai mes désirs pour savoir quelle est leur taille. Puis quand je rencontrerai quelqu'un, je pourrai noter par écrit l'expérience et leur montrer ce qu'il leur faut accepter. Mais peut-être mes désirs ont-ils un taux de croissance que je ne peux mesurer, ou peut-être changeront-ils, ou même disparaîtront-ils. Une seule chose est certaine, je ne veux pas être trahie, mais c'est très difficile à dire comme ça au début d'une relation. Ce n'est pas un mot que les gens utilisent souvent, ce qui me rend perplexe, car il existe différentes sortes d'infidélités, mais une trahison est une trahison, où que vous la rencontriez. Par trahison, j'entends que l'on vous promette d'être de votre côté, puis que l'on se range du côté d'un autre.

Lorsque l'on se tient sur le flanc de la colline, à l'endroit où elle descend vers la carrière, on peut apercevoir l'ancienne maison de Melanie. Je l'ai rencontrée par hasard, deux ans après que je suis partie de chez moi ; elle poussait un landau. Si auparavant elle avait été sereine au point d'en être presque bovine, maintenant c'était presque un légume. Je n'ai pas cessé de la regarder, en me demandant comment nous avions pu avoir une relation ; pourtant, quand elle m'avait quittée, j'avais cru que j'avais un empoisonnement du sang. Je ne pouvais pas l'effacer de ma mémoire. Maintenant, elle semblait avoir tout oublié. Ça me donnait envie de la secouer, d'arracher tous mes vêtements en pleine rue et de crier : « Tu te souviens de mon corps ? » Le temps émousse beaucoup les choses. Les gens oublient, sont gagnés par l'ennui, vieillissent, s'en vont. Elle m'a dit qu'il ne s'était pas passé grand-chose entre nous de toute façon, en tout cas d'un point de vue historique. Mais l'histoire est une ficelle pleine de nœuds, le mieux que l'on puisse faire est de l'admirer, et peut-être d'y ajouter quelques nœuds. L'histoire est un hamac dans lequel on se balance et un jeu auquel on joue. Un entrelacs de nœuds. Elle m'a dit que ce genre de sentiments était mort, les sentiments qu'elle avait autrefois éprouvés pour moi. Il y a quelque chose d'attrayant chez les choses mortes. Vous pouvez les malmener, les altérer et les reteinter. Elles ne se plaindront pas. Puis elle a ri et dit que nous avions probablement une vision très différente de ce qui s'était passé... Elle a ri de nouveau et dit que ma façon de voir les choses ferait sans doute un bon sujet d'histoire, tandis que la sienne était l'histoire elle-même, les faits sans importance. Elle m'a dit qu'elle espérait que je n'avais pas gardé de lettres, que c'était absurde de s'accrocher à des choses qui n'avaient pas de sens. Comme si l'existence de lettres et de photos rendait tout ceci plus réel, plus dangereux. Je lui ai dit que je n'avais pas besoin de lettres pour me souvenir de ce qui s'était passé. Elle a pris un air vague et a commencé à parler du temps, des travaux routiers et des aliments pour bébés dont les prix avaient monté en flèche.

Elle m'a demandé ce que je faisais et j'ai eu envie de lui dire que je sacrifiais des bébés en haut de Pendle Hill ou que j'étais impliquée dans la traite des Blanches. N'importe quoi pour la mettre en colère. Pourtant, à sa façon, elle était heureuse. Ils ne mangeaient plus de viande, elle attendait de nouveau un bébé, etc. Elle avait même commencé à écrire à ma mère. Elles avaient travaillé ensemble lors de la première mission organisée par la ville à l'intention des gens de couleur. Ma mère avait retiré toutes les boîtes d'ananas en conserve de sa Réserve de Guerre parce qu'elle croyait que c'était ce qu'ils mangeaient. Elle avait aussi fait une collecte de couvertures pour qu'ils n'attrapent pas froid. Lorsque le premier pasteur de couleur était venu lui rendre visite, elle avait essayé de lui expliquer l'importance de la sauce persillée. Plus tard, elle avait découvert qu'il avait passé la plus grande partie de sa vie à Hull. Melanie, qui attendait toujours son poste de missionnaire, avait fait de son mieux, mais elle était dépassée. Pendant toute la mission, tout le monde avait été obligé de manger du jambon à l'ananas, du gâteau renversé à l'ananas, du poulet à la sauce à l'ananas, des quartiers d'ananas, des tranches d'ananas. « Après tout, avait dit ma mère avec philosophie, les oranges ne sont pas les seuls fruits. »

L'obscurité tombait lorsque je suis descendue de la colline et des tourbillons de neige venaient s'agglutiner à mon visage. J'ai pensé à la chienne et soudain je me suis sentie très triste ; triste à cause de sa mort, de ma mort, de toutes ces morts inévitables qu'entraîne le changement. Il n'est aucun choix qui ne soit lié à une perte. Mais la chienne était enterrée dans la terre propre et les choses que j'avais enterrées s'exhumaient ; des peurs froides et moites, des pensées dangereuses et les ombres que j'avais repoussées pour y songer lorsque le moment serait plus approprié. Je ne pouvais pas les repousser éternellement, il vient toujours un moment où l'on vous demande des comptes. Mais toutes les ténèbres n'ont pas forcément besoin de lumière, il faut que je me souvienne de cela.

Lorsque je suis entrée, ma mère avait des écouteurs sur les oreilles et gribouillait quelque chose sur un bout de papier. Devant elle était posé un gros poste de radio. Je lui ai tapé sur l'épaule.

— J'aurais pu avoir un infarctus, a-t-elle dit sèchement, tournant des boutons de haut en bas de la radio. Je ne peux pas te parler tout de suite, je reçois.

— Tu reçois quoi ?

— Mes rapports. Et elle a enfilé de nouveau ses écouteurs et a recommencé à griffonner. Il y a bien fallu une heure avant que je ne puisse en tirer un mot. On a mangé un bol de risotto au bœuf Vesta et j'ai appris comment elle s'était mise à l'électronique. Un des cristaux de galène de son combiné radio-pick-up avait éclaté et elle ne pouvait donc plus capter *L'Office du Monde*. Elle s'était précipitée dans les magasins avec son carnet de chèques pour trouver un autre appareil, et elle avait vu une publicité pour un appareil de CB en kit. Elle l'avait acheté, ainsi que le transistor de poche le moins cher qu'elle avait pu trouver pour la dépanner en attendant. C'était une folie, mais la Société venait juste de s'effondrer et elle avait besoin de quelque chose à faire pour ne plus y penser. Elle m'a dit que le poste avait été très difficile à monter mais qu'elle y était quand même arrivée, et qu'elle parlait maintenant régulièrement avec des chrétiens de l'Angleterre tout entière, tout en écoutant la radio. Il y avait déjà un projet de rencontre et de création d'une circulaire pour les fidèles électroniques.

— C'est la volonté du Seigneur, a-t-elle dit, alors ne viens pas me casser les pieds quand je fais ma CB.

C'était peut-être la neige, ou la nourriture, ou l'impossibilité de ma vie qui m'a donné envie d'aller me coucher avec l'espoir de me réveiller et de retrouver le passé, intact. J'avais l'impression d'avoir décrit un grand cercle et de m'être rencontrée à nouveau à mon point de départ.

Sire Perceval s'attarda dans sa chaise étroite longtemps après que son hôte fut allé se coucher. A la lumière de la torche, il contemplait ses mains avec étonnement. L'une des mains était curieuse, sûre et ferme. Sa main douce et pensive. Une main faite pour nourrir un chien ou étrangler un démon. L'autre main semblait insuffisamment nourrie. C'était une main sévère, interrogatrice, inexpressive, inquiète. Une main effrayée, mais aussi la main de l'équilibre. Perceval avait éprouvé de la colère ce soir-là. Il lui semblait que son voyage était vain et qu'il avait lui-même suivi un chemin erroné. Son hôte lui avait demandé pourquoi il était parti, sans avoir vraiment envie d'écouter la réponse, formant ses propres hypothèses, se disant peut-être que le roi était fou ou la Table Ronde, détruite. Perceval avait gardé le silence. Il était parti pour son propre bien, et pour nulle autre raison. Ce jour-là, il avait pensé à revenir. Il avait l'impression d'être une bobine de fil de coton sur laquelle on tire ; il se sentait pris de tournis et avait envie de céder à la main qui tirait et de s'éveiller parmi des objets familiers. Cette nuit-là, dans son sommeil, il rêva qu'il était une araignée pendue à son fil, très bas au-dessous d'un grand chêne. Puis un corbeau passa qui, de son vol, coupa le fil ; alors il tomba à terre et détala.

Lorsque je me suis réveillée le lendemain, le soleil venait juste de se frayer un chemin à travers les nuages de neige et brillait contre la fenêtre poussiéreuse. La maison paraissait calme. En général, ma mère se passait des cassettes et je l'entendais chanter en même temps, ou elle inventait une nouvelle mélodie. Elle avait commencé à voyager avec le pasteur Finch et son bus démoniaque chaque fois qu'il venait dans la région. Elle pensait qu'elle avait beaucoup d'expérience maintenant et qu'elle pouvait venir à l'aide des parents en détresse dont les enfants étaient possédés par les démons. Elle avait mis au point une méthode individuelle destinée aux gens perturbés spirituellement. Ce qu'il fallait éviter de faire, qui contacter, quels passages de la Bible lire. En outre, la chorale aimait bien enregistrer des cassettes pour chasser le démon grâce à leurs chants. La plupart du temps, c'étaient des compositions du pasteur Finch. J'étais heureuse qu'elle ait un passe-temps, mais pas très satisfaite de retrouver que mes propres péchés dans sa méthode. Enfin, au moins elle n'avait pas joint une photo d'identité, afin que le Nord-Ouest se tienne sur ses gardes et mette ses filles sous clé.

Je suis restée chez eux jusqu'à ce que Noël soit fini. J'ai été obligée de regarder avec eux d'interminables émissions sur la nativité et de manger des tartes au mincemeat en compagnie de Mrs. White qui était si nerveuse qu'elle a été saisie d'une crise de hoquet incontrôlable.

— Jack, va chercher les sels, a ordonné ma mère, pinçant le nez de Mrs. White jusqu'à ce qu'il devienne bleu. Mais les sels n'ont pas fait effet et Mrs. White, appuyée sur le bras de mon père, a dû se laisser emmener jusqu'à l'arrêt de bus.

— Tout ça, c'est de ta faute, a grommelé ma mère. Et une veille de Noël en plus.

Puis elle est retournée dans la salle de séjour pour siroter une gorgée de porto et jeter un coup d'œil aux cadeaux de Noël. Elle bouillait de pouvoir ouvrir les siens et il n'était que onze heures du soir.

On a décidé de jouer au scarabée pour passer le temps.

— Tu as triché, s'est écriée ma mère lorsque j'ai ajusté la dernière patte de mon insecte. Il ne faut jamais faire confiance à une pécheresse.

— Bon d'accord, on va refaire une partie. Et on a continué à jouer jusqu'à minuit moins cinq, heure à laquelle ma mère s'est levée d'un bond pour allumer la radio et entendre Big Ben sonner les douze coups.

— Prends ton verre, s'est-elle écriée, le remplissant à ras bord de limonade et d'un soupçon de porto. Joyeux Noël, loué soit le Seigneur, et maintenant qu'est-ce que j'ai comme cadeaux ? Et elle a fondu sur sa pile sous l'arbre de Noël.

— Regarde, tu as fait tomber l'ange, me suis-je plainte. Elle l'a raccroché la tête en bas, tout en déchirant le papier cadeau de son autre main.

— C'est un cadeau du pasteur Spratt, a-t-elle dit avec impatience. J'ai hoché la tête en me demandant ce que ça pouvait bien être avec une telle forme et un reçu des douanes.

— Oh regarde ! s'est-elle exclamée.

C'était un pied d'éléphant avec un couvercle à charnière. Elle a hésité un instant, puis a rabattu le couvercle en arrière. C'était une Boîte à Promesses, remplie de deux couches de petits rouleaux de papier contenant chacun une promesse tirée de l'Ecriture. Ma mère, les larmes aux yeux, l'a soigneusement déposée sur le buffet.

— Et le cadeau de tante Maud, c'est quoi ? ai-je demandé, ramassant un objet long et dur.

— Oh, c'est sans doute une canne-épée, c'est le genre de choses qu'elle aime. Ma mère s'est tapé sur le front. Ce qui m'intéresse, c'est le cadeau de ton père.

Il était plat et pas très bien emballé. Lentement, elle a défait le papier et il est apparu : un lance-pierres. Je ne pouvais pas en croire mes yeux.

— Pourquoi est-ce que Papa t'a acheté un lance-pierres ?

— C'est moi qui le lui ai demandé, c'est pour me débarrasser des chats des Voisins d'à côté.

Elle m'a dit qu'elle avait tout essayé, d'abord en essayant de les détourner avec des restes, jusqu'à en venir aux menaces. Mais ils continuaient quand même à pisser sur ses rosiers primés. Désormais, elle allait leur tirer dessus avec des pois secs. J'ai secoué la tête, ne sachant comment lui expliquer que je lui avais seulement acheté un cardigan...

Je ne les ai guère vus les deux jours suivants ; ils étaient à l'église. Au premier courrier après Noël, ma mère a reçu la terrible nouvelle. C'était de nouveau à propos de la maison d'hôtes de Morecambe, ou plutôt de sa propriétaire, Mrs. Butler.

— Ça, c'est du ressort du pasteur Finch, a dit ma mère, enfilant son manteau pour aller jusqu'à la cabine téléphonique. Dès qu'elle a été partie, j'ai regardé la lettre. Apparemment, Mrs. Butler, déprimée par la désaffection croissante des pensionnaires et frustrée par le harcèlement incessant de la Commission d'hygiène, s'était mise à boire. Mais surtout, elle s'était trouvée un poste de directrice dans une maison de retraite locale. Là, elle s'était entichée d'un curieux personnage charismatique qui avait été autrefois l'exorciste officiel de l'évêque des Bermudes. Il avaient été renvoyé dans des circonstances mystérieuses pour avoir commis on ne sait quelle faute innommable avec la femme du curé. De retour en Angleterre, à l'abri dans les bras infatués de Mrs. Butler, il l'avait persuadée de le laisser pratiquer le vaudou sur certains des patients les plus séniles. Ils avaient été surpris par une infirmière de nuit.

On peut imaginer les sentiments de ma mère : la fin de la Société des Ames Perdues lui avait porté un rude coup, les agissements de la maison d'hôtes de Morecambe avaient été un choc terrible, mais ceci était la goutte qui faisait déborder le vase. J'ai contemplé le feu en attendant son retour. Les familles, les vraies, ce sont des chaises, des tables et juste le bon nombre de tasses, mais je n'avais aucun moyen de me joindre à une famille ni de me débarrasser de la mienne ; elle avait noué un fil autour de mon bouton, sur lequel elle tirait quand bon lui semblait. Je connaissais une femme dans un autre lieu. Peut-être me sauverait-elle. Mais si elle dormait ? Si j'avais à mes côtés, sans jamais le savoir, une somnambule ? A ce moment-là, la porte de derrière a claqué et ma mère est entrée, accompagnée d'une bourrasque, le nœud de son foulard voletant contre sa joue comme un goitre orné de motifs.

— Quel gâchis, a-t-elle ragé, jetant la lettre dans le feu. Si je ne fais pas attention, je vais rater mon émission. Donne-moi les écouteurs.

Je les lui ai passés et elle a réglé le micro.

« Lumière Bienveillante appelle Manchester, répondez, Manchester, ici Lumière Bienveillante. »

TABLE DES MATIÈRES

Achevé d'imprimer le 6 octobre 1991
sur les presses des Imprimeries Delmas
à Artigues-près-Bordeaux.

Dépôt légal : octobre 1991.
N° d'impression : 34992.